설렘이 있는 저녁놀

설렘이 있는 저녁놀

발행일	2019년 12월 20일

지은이	양태석		
펴낸이	손형국		
펴낸곳	(주)북랩		
편집인	선일영	편집	오경진, 강대건, 최예은, 최승헌, 김경무
디자인	이현수, 김민하, 한수희, 김윤주, 허지혜	제작	박기성, 황동현, 구성우, 장홍석
마케팅	김회란, 박진관, 조하라, 장은별		
출판등록	2004. 12. 1(제2012-000051호)		
주소	서울시 금천구 가산디지털 1로 168, 우림라이온스밸리 B동 B113~114호, C동 B101호		
홈페이지	www.book.co.kr		
전화번호	(02)2026-5777	팩스	(02)2026-5747

ISBN	979-11-6299-457-3 03810 (종이책)		979-11-6299-458-0 05810 (전자책)

이 도서의 국립중앙도서관 출판예정도서목록(CIP)은 서지정보유통지원시스템 홈페이지(http://seoji.nl.go.kr)와
국가자료공동목록시스템(http://www.nl.go.kr/kolisnet)에서 이용하실 수 있습니다.

양태석 에세이

인생 제2막에 관한 34가지 고찰

설렘이 있는 저녁놀

북랩 book Lab

책머리

미풍양속에 저촉되지 않는다면 뭐든지 해 보자. 제2의 인생은 배우고, 비우고, 나누는 삶의 지표를 정했다면, 이제는 야생마처럼 저 넓은 초원을 말갈기를 휘날리며 달려 보자는 것이다. 그동안 제도권 안에서 모범생으로 살았다면 격식과 틀을 깨부수고 자연인으로 살자. 달걀은 껍데기가 타인에 의해 깨지면 프라이가 되지만, 스스로 껍데기를 깨는 아픔의 고통을 이겨내면 병아리가 된다.

사람도 마찬가지다. 사람의 껍데기를 깬다는 것은 기본 틀인 프레임을 깬다는 말인데, 말이야 쉽지만 그게 어디 쉬운 일이겠는가. 그러나 처음이 문제지 어떤 일이든지 두 번, 세

번 반복하다 보면 익숙해진다. 그 처음의 변화된 낯선 자신의 모습에 스스로 적응을 못 해 문제지 별것 아니다. 나 자신부터 변화의 두려움에서 해방되어야 한다. 내가 바뀌면 세상이 바뀌는데, 제2의 인생에선 시도해 볼 만하지 않은가.

은퇴한 사람에게 엉뚱하게도 하얀 구두에 빨간 바지를 입으란 말은 아니다. 본인이 소화해낼 수 있는 한도에서 변해 보자는 것이다. 언젠가 TV에서 전국을 돌아다니며 마술 공연을 하면서 제2의 인생을 사는 노부부의 모습을 본 일이 있다. 마술복을 처음 입었을 때의 어색함을 이기지 못했더라면, 그 부부는 영원히 집에서 농사를 짓든지 아니면 경로당으로 출퇴근하며, 어깨가 결리고 다리가 쑤신다며 겨우 하는 일이라곤 심심풀이 고스톱이나 치지 않을까 생각해 본다.

타이트한 양복을 입고 넥타이로 목을 옥죄는 불편한 삶에서 벗어나, 헐렁한 한복에 부채를 들고 신명나게 몸을 흔들며, 목이 터져라 창을 부르는 삶을 살아 보자. 요즘 실버TV에 보면 리듬댄스를 즐기는 노인들이 자주 등장한다. 진하게 화장을 한 얼굴에 치렁치렁 늘어뜨린 댄스복을 입고 나온 사람들을 보면 좋게 보이지 않지만, 그 사람들의 변화하려는 모습에는 동감을 표한다.

내가 변하면 세상이 변하고, 내가 변해야 새로운 일도 추구할 수 있다. 머뭇거리지 마시라! 세월은 당신을 마냥 기다려주지 않는다.

2019년 늦가을 호반촌湖畔村에서

양태석

차례

설렘이 있는 저녁놀

제2의 인생에 대한 고찰

생로병사生老病死란 사람이라면 반드시 겪어야 하는, 나고 늙고 병들고 죽는 네 가지 큰 고통을 말한다. 생로병사는 부처님 손안의 손오공처럼 조물주 손안의 인간들이 피해 갈 수 없는 숙명宿命이기도 하다.

그럼에도 불구하고 오늘날 인간이 만들어낸 과학 문명은, 생로병사의 주기를 늘리기 위한 노력을 게을리하지 않은 결과, 이제는 백세시대로 접어들었다. 그렇다면 자연의 섭리攝理로만 여겨왔던 노화老化를 인간의 힘으로 멈출 수는 없는 것일까? 불행하게도 아직까지는 그 노화의 시계를 멈출 수 있는 능력이 인간에게는 없다.

그러나 현실은 유전자분석, 빅 데이터, 나노기술 등 한층 발달한 최첨단 과학기술과 의학기술의 만남을 통해, 조물주로부터 노화의 시계를 인간 스스로 어느 정도 늦출 수 있는 능력을 발휘할 수 있는 시점에까지 이르렀다.

지금은 유병장수 시대다. 무병장수가 아닌 유병장수 시대에 살고 싶은 사람은 없을 것이다. 그러나 이러한 유병장수의 문제도 언젠가는 과학 문명의 발달로 해결되리라 믿는다. 병에 걸려 죽지 못해 사는 삶이 아닌, 건강한 삶을 살다 흙으로 돌아가는 미래가 분명 다가올 것이다. 그 이유는 병을 치료하거나 예방하기 위해 인공지능을 이용한, 디지털 헬스 케어 시스템이 운용되고 있기 때문이다.

우리는 인공지능 하면 이세돌과 세기의 바둑 대결을 펼친 '알파고'를 떠올리지만, '알파고' 이전에 미국의 IBM이 개발한 인공지능 '왓슨'이 있다. 이미 왓슨은 2011년 미국 ABC 방송의 퀴즈 쇼 제퍼디Jeopardy 최종 라운드에서, 역대 최대 상금 수상자인 브래드 루터Brad Rutter와 최다 연속 우승자인 켄 제닝스Ken Jennings를 상대로 우승을 차지해 세상 사람들을 경악하게 했다. 2013년부터는 암 치료 연구와 같은 의료 분야에 사용되기 시작했으며,

현재 사물인터넷과 금융, 법률, 교통 등 다양한 분야에서 연구·활용되고 있는 것이다. 이 일은 인간이 신神에게 도전하는, 예전에는 감히 상상도 할 수 없는 불경스러운 일이었기에 인류사에 있어 쾌거요, 경사가 아닐 수 없다.

그러나 본인의 의지와 상관없이 늘어나는 수명으로 인해 도래한 백세시대는 과연 인간에게 축복인가? 재앙인가? 개인의 성향에 따라 장수가 어떤 사람에게는 축복이 될 수도 있고, 어떤 사람에게는 재앙이 될 수도 있다고 본다. 장수 시대의 도래에 대비한 대책을 얼마나 많은 노력으로, 또한 얼마나 질 좋은 대비책을 쌓아 놓았느냐에 따라, 장수 시대를 맞이하는 느낌이나 감회는 개인마다 확연히 달라지기 때문이다.

제2의 인생을 준비해야 한다는 이야기는 이제 불문율이 되었다. 그러므로 제2의 인생에 대한 준비는 잘되어 가고 있는가? 또한 준비되었다면 로드맵에 따라 실천은 충실히 하고 있는가? 하고, 항상 자기 자신에 반복해서 질문하는 일을 게을리하지 않으면 안 된다고 본다. 『반복 학습이 기적을 만든다』의 저자 사이토 다카시의 말을 빌리지 않더라도, 자기 성찰을 위한 질문은 게으름 피우지 말고 계속 반복되어야 한다.

나는 50대 초반에 다니던 직장에서 명퇴 후 뼈저리게 후회하며 느낀 일이 하나 있는데, 제2의 인생을 어떻게 살아갈 것인가에 대한 설계도를 미리 작성해 놓지도 않고, 막연하게 닥치면 어떻게 되겠지 하는 정말 안일하고 무책임한 생각을 하며 퇴직한 일이었다.

장차 어떻게 살아갈 것인지에 대한 계획도 없이 퇴직했으니, 당연히 시행착오도 많이 했고 더불어 내 생애 한 번도 해보지도 않았던 몸 쓰는 일을 하며 마음고생도 많이 했다. 그때 뼈저리게 느낀 것이 은퇴 후의 설계도가 현직에 있을 때부터 미리 작성되어 있어야 했고, 그 설계도에 맞춰 시행하는 데 따른 도출되는 문제점은 없는 것인지 주기적으로 점검하고 또 점검했어야 했는데, 그걸 간과했다는 것이 손바닥으로 땅을 치고 싶을 만큼 뒤늦은 후회였다.

백세시대가 도래한 지금, 제2의 인생을 준비해야 한다는 명제命題의 실천은 그만큼 우리들에게 더욱 중요해졌다. 그동안은 제2의 인생을 준비하지 않으면 20년 정도 고달픈 삶을 살게 되었지만, 앞으론 지나온 삶의 무게만큼이나 긴 세월을 질 나쁜 고달픈 삶을 살아야 하기 때문이다.

대학엔 전문적으로 연구하는 분야 외에 부수적으로 연구하는 과목을 공부할 수 있는 부전공 제도가 있다. 대학 시절에 시간이 부족해 전공과목도 공부하기 힘든 때에, 부전공과목까지 공부한다는 것은 쉽지 않은 일이다. 그러나 그 제도를 만든 의미를 모르는 학생들은 부전공과목의 공부를 간과했을 것이고, 앞을 내다보는 혜안이 있는 학생이라면 부전공과목의 공부로 팍팍한 취업전쟁에 보탬이 되어, 인생의 새 지평을 연 사람도 있을 것이다. 누가 더 현명한 삶을 살아갈 수 있을까? 묻지 않아도 대답은 나와 있다.

은퇴한 우리에게도 제2의 전공과목이 필요하다. 은퇴 전의 전공은 부모님 공양하고 처자식을 부양하는 데 필요했다면, 지금은 내 정서 함양과 공익을 위해 할 수 있는 일이 무엇인지 고민하여 보는 것도 괜찮다고 본다. 여기에 제2의 인생을 위해 적합한 일이 무엇인지 일일이 나열할 수는 없지만, 찾아보면 무수히 많은 게 할 일이다. 내 여건 즉, 내 나이와 건강 그리고 처해진 환경을 고려하여 선택하면 좋을 것 같다.

호서대 설립자 고 강석규 박사는 95세에 쓴 수기에서 65세에 당당하게 은퇴 후 "이제 다 살았다. 남은 인생은 덤이다."라며 고통 없이 죽기만을 기다렸는데, 95세가 되어 뒤돌아보니 할 일 없이 지낸 30년이 너무 후회스러웠다고 한다. 그래서 10년 후인 105세에 "후회하지 않기 위해서 어학 공부를 시작하려 합니다." 라고 고백했다.

배우자! 그리고 아낌없이 내 머릿속에 있는 모든 지식을 송두리째 사회에 환원하자. 나이 들어 쓸모없이 밥이나 축내는 생활보다는 내가 살아 움직임으로써, 해피 바이러스가 이웃으로 퍼져 나간다는 사명감을 갖고 남은 인생을 대처해 나간다면, 다가오는 백세시대는 우리에게 재앙이 아닌 축복일 것이다.

내가 변해야 세상이 변한다

 똑같은 해인데,

아침에 동쪽 하늘로 환하게 웃으며 떠오르는 해는 힘차 보이고,

저녁에 서쪽 하늘로 기우는 해는 어딘지 모르게,

어깨가 무겁고 다리도 풀려 지쳐 보인다.

세상은 내 마음의 거울이다.

내 마음이 편안하면 모든 사람의 삶에 생기가 돌아 행복해 보이고,

내 마음에 근심이 있어 혼란스러우면 사람들마다 우울해 보이고,

세상 돌아가는 것도 왠지 심란해 보인다.

파란 하늘에 구름 한 점 떠 있다.

아무 의미 없이 스쳐 바라보면,

하루에도 몇 번씩 뭉쳤다 헤어지며 만들어 내는,

그저 그 흔한 하늘에 떠 있는 구름 모양 중 하나에 불과하다.

그러나 어떤 의미를 부여하고 자세히 들여다보면,

토끼가 잠을 자는 것 같기도 하고,

달리 보면 달에서 떡방아를 찧던 토끼가,

하늘로 뛰어내려 내달리는 모습 같은 상상도 든다.

그렇다.

세상일은 내 맘 먹기에 달려 있다.

내가 색안경을 끼고 세상을 바라보면 세상의 모든 것들이,

렌즈의 빛깔에 따라 달라 보이고,

내가 비뚤어진 시각으로 세상을 바라보면,

세상엔 반듯한 게 하나도 없을 것이다.

내가 믿음을 갖지 못하면 세상의 모든 것들을 의심하게 되고,

결국 남을 불신하게 되어 세상이 흉흉해진다.

내 의견과 같지 않다 해서 무조건 상대방을 비방하기 전에,

그 사람의 의견을 존중하고 귀 기울여 준다면,

그들과 내가 조화를 이루게 될 것이고,

내 마음을 이해해주지 않는다고 탓하기 전에,

내가 먼저 상대방의 마음을 헤아려 보면,

서로 마음이 통하지 않을 리 없다.

나에게 관심을 주지 않는다 탓하기 전에,

내가 먼저 관심을 가져 보자.

꽃도 관심을 보여야 예쁘게 피고,

사람도 관심을 보여야 사랑하는 마음이 생긴다.

이 세상에 가장 어려운 일은,

내가 나를 변화시키는 일이다.

남이 아닌,

내가 변해야 세상이 변한다.

어머니와 우산

        초등학교 6년 동안 왕복 10리 길을 좁은 밭 둑길과 논둑길을 지나 왕자갈로 뒤덮인 울퉁불퉁한 신작로를 따라 걸어서 학교에 다녔다. 그 당시는 자가용은 그만두고 빈 농들이 모여 사는 동네에 자전거 한 대 없던 시절이니, 많은 시간을 소비하며 걸어서 학교에 다니는 일은 불평의 대상도 아니었고 당연한 일로 받아들였다.

  학교는 위치상 우리 집의 북쪽에 위치해 있었는데, 도보로 걸어서 등하교하기에는 수시로 변하는 기상 여건으로 인해 어려움이 참 많았다. 겨울철 아침 등굣길엔 북풍한설을 온몸으로 안고 걸어야 했기에, 냉기를 얼굴 정면으로 맞아야 했고, 수업이 끝나 집으로 돌아오는 길엔 다시 차가운 남풍이 불어와 어린 나를 괴롭혔다. 그 흔한 동내의나 털로 짠 벙어리장갑 하나 사 낄 수 있는 형편이 못 되었으니, 알몸 상태나 다름없어 추위에 무방비 상태인 몸으로, 혹한과 싸우며 먼 길을 걸어 학교에 다니는 것 자체가 고난의 길이었다. 그러나 추위와 싸우는 겨울도 겨울이지만 또한, 여름철도 겨울 못지않게 나를 괴롭히는 일이 하나 있었다. 그것은 바로 갑자기 내리는 국지성 호우였다.

여름철은 추위와 싸울 걱정이 없었으므로 가난한 나에겐, 학교를 다니기에 참 좋은 계절임이 분명하다. 그러나 학교 공부가 끝나기도 전에 갑자기 비바람 몰아치면 집에 갈 일이 걱정돼, 모든 아이들이 하염없이 교실에 갇혀 창밖을 내다보며 이제나 저제나 비가 그치길 기다리는 신세가 되었다. 그나마 다른 친구들은 어머니가 우산을 준비해 학교로 마중 나왔지만, 우리 어머니는 절대로 우산을 챙겨 학교로 마중 나오는 일이 없었다. 친구의 어머니를 통해 우산을 들려 보내는 경우가 있긴 했지만, 그것은 가뭄에 콩 나듯 해 기억에 없는 일이고 친구들의 우산을 같이 쓰고 오는 날도 있었지만, 수업이 늦게 끝나 혼자 외톨이가 된 날은 비를 쫄딱 맞고 귀가해야만 했다. 아침부터

비가 오는 날이면 그나마 살 부러진 종이우산이라도 받으며 비를 피해 등교하지만, 하굣길에 갑자기 비가 쏟아지는 날이면 어머니가 우산을 챙겨 마중 나오는 친구들이 마냥 부러웠던 난, 한 번만이라도 어머니가 건네주는 우산을 받아 봤으면 원이 없겠다 생각했다. 단 한 번도 우산을 준비해 오지 않는 어머니의 이런 행동은 결국, 여러 남매 중 둘째인 날 사랑하지 않는다고 믿게 되었고, 어린 나이지만 그것이 상처가 되어 그렇게 서럽고 원망스러울 수 없었다.

그럭저럭 6학년이 되었다. 중도에 집안 사정이나 학습 부진 등으로 인해 학업을 포기한 아이들도 있었지만, 탈 없이 학교 생활을 한 탓에 어쨌든 나는 졸업반이 되었다. 졸업을 앞둔 그 해 여름 어느 날, 그날도 하굣길에 폭우가 쏟아졌고 당연히 나는 비를 온몸으로 맞으며 물 족제비가 되어 씩씩거리며 집으로 돌아왔다. 속옷까지 젖은 옷을 벗어 대충 말아 우물가에 던져두고 덩그러니 방에 남아 숙제하다 잠이 들었는데, 갑자기 싸리문 여는 소리가 들려 놀라 깨게 되었다. 그때, 잠이 덜 깬 희미한 내 시야에 한 손엔 호미를, 다른 손엔 들깨 모를 들고 온몸이 흙 범벅이 된 채, 비료 포대로 만든 비옷을 둘러쓰고 마당

안으로 들어서는 어머니의 초라한 모습이 들어왔다. 황소처럼 우직하게 일밖에 몰라 장대비에도 손에서 호미를 못 내려놓은 것이다. 어머니는 소중한 자식이 비 맞는 걸 걱정할 겨를도 없이, 끼니를 위해 가난과 싸워야 했던 것이다. 그날 이후로 난 비가 오는 날이면 우산보다 먼저 비 맞으며 일하시는 고단한 어머니의 모습을 떠올리게 되었다.

난, 나를 낳아주신 어머니인데도 불구하고 어머니의 속 깊은 마음을 헤아리질 못했다. 어머니가 나를 사랑한다는 그 마음을 헤아리고 이해하는 데 정말 오랜 시간이 걸렸다. 그러니 가까이는 형제나 아내 그리고 자식까지 그들에게 섭섭한 마음을 가지거나, 친구나 이웃에게 서운한 감정을 가지게 될 때면, 항상 마음속으로 그들은 변한 게 없는데 혹시 내 감정의 주파수가 그들과 공명을 일으키지 못하고 있지는 않은지 생각해 보며, 비 오는 날 우산을 사랑하는 아들에게 손수 전할 수 없었던 어머니의 마음을 떠올려 본다.

사업을 해 보겠다고

은퇴 후 갑자기 수입이 없어지니 나도 모르게 불안해지기 시작했다. 퇴직 후엔 사업을 하지 말라는 경고를 뻔히 알면서도, 초조한 마음은 태양광발전사업에 관심을 갖게 되었다. 나름대로 여러 루트를 통해 태양광발전사업에 관한 자료도 얻어 본 결과, 태양광발전사업에 투자하기로 결론을 내리고 유한회사를 만들어 친구 3명이 태양광발전소를 짓기로 한 것이다.

발전소를 건설하기 위해 후보지를 물색하던 중, 전남의 모처에 폐교 부지 약 3,500평을 매매한다는 소식을 접하고 바로 구매에 나섰다. 공사의 원활한 진행을 위해 각종 인허가를 미리 마치고, 드디어 시공업체를 선정하여 착공에 들어가게 되었다.

　그런데 문제가 생겼다. 학교 부지에 태양광발전소를 건설한다는 소식이 주변 마을 사람들에게 알려지자, 태양광발전소 건립을 결사반대한다며 온 동네 사람들이 무력으로 저지하겠다고 데모를 하고 나선 것이다. 자기들이 땅을 교육청에 희사해서 만든 애환 서린 학교가 폐교된 것도 억울한데, 그곳에 인체에 해로운 태양광발전시설이 들어서는 것을 절대 반대한다는 것이다. 착수금으로 몇억을 지불했는데 이제 와서 공사를 못 하게 되었으니 어찌해야 한단 말인가. 갑자기 눈앞이 캄캄해졌다. 과연 이 난관을 헤쳐 갈 현명한 길은 무엇인가?

　우선 마을 사람들과 서로의 입장을 알아볼 수 있는 대화가 필요하다 느끼고 사업설명회를 하게 되었다. 준비한 다과를 함께 나누며 여기에 어떤 일을 하고, 이 일을 함으로써 주민들에게 어떤 이익이 돌아가는지 설명해 놓은 유인물을 만들어 나눠 주고 사업설명회를 하려 했으나, 일부 술에 취한 주민들이 욕설을 하며 회의장을 난장판으로 만드는 바람에 소득 없이 끝나게 되었다.

　인허가 과정에서 군청 직원들도 만나고 면사무소에 계신 분들도 만나보았지만, 그분들 모두 지역 발전에 좋은 일 한다고 칭찬 일색이었는데 주민들이 반대하고 나서니, 나도 답답하지만 군이나 면의 담당 직원들도 참 답답했나 보다. 면장님에게 주민들의 데모로 일의 진행이 안 되는데 어찌해야 좋을지 자문하면, 만날 때마다 주민들에게 도움이 되면 됐지 손해 볼 게 없는데 왜 반대하는지 모르겠다며, 우리를 심적으로 많이 응원해 주셨지만 면에서 직접 나설 수도 없어 안타까워만 했다.

주민들과 밀고 당기는 일이 매일같이 반복되는 가운데 일은 진척이 없고 날짜만 하루하루 지나가는데, 이를 보다 못한 면장님이 자청하여 자기가 중재한다며 면사무소 회의실로 주민 대표와 우리를 불러 대화를 하게 만들었다. 면장님이 모두 발언에서 도에서도 태양광발전사업을 적극 권장 추진하고 있다고 설명하자, 주민 대표들이 말을 가로막으며 면장님은 왜 우리 편은 안 들고 사업자 편만 들고 계시냐며 언성을 높이니, 회의가 제대로 진행될 수가 없었다. 우리가 말하면 들으려 하지도 않고 주민들만 이런저런 피해가 있어 절대 태양광발전소를 지으면 안 된다는 것이다. 그날도 회의는 그렇게 파행되었다.

이러는 사이 주민들이 도청에 탄원서를 제출했나 보다. 전남도청의 담당 과장과 직원이 주민과의 대화를 위해 현장을 방문하였다. 주민들은 허가를 취소해 달라고 과장에게 윽박지르다

시피 하고, 과장은 적법하게 난 허가는 취소할 수 없다 말하자, 주민들은 격앙되어 군청에 찾아가 관계자를 찾아내 포크레인으로 묻어 버리겠다며 겁을 주고 욕설을 하며 난리였다. 이 분위기로 봐선 절대 이곳에 발전소를 지을 수 없을 것 같은 분위기고, 이 사람들과의 대화는 절대 안 될 것 같다는 생각이 들었다. 이 난관을 어떻게 헤쳐 나갈 것인지 고립무원이요, 망망대해에 일엽편주 신세다.

도청 담당 과장의 현장 설명이 있고 난 며칠 후 전남도청에 불려갔다. 담당 과장이 법보다 주먹이 가깝다고 무식하게 육두문자 쓰며 악쓰는 그 사람들의 하는 행동을 보지 않았느냐며, 아무래도 그곳에 발전소를 짓기는 어려울 것 같다며 우리에게 사업을 포기하는 것이 어떻겠느냐고 유도한다. 그래서 우린 지금 자재 발주 다 해놓고 현재까지 들어간 돈이 얼마인데, 이 마당에 절대 물러설 수 없다, 여기서 물러서서 죽느니 주민들과 싸우다 죽겠다며, 단호히 안 된다고 말하고 아무 소득 없이 도청을 빠져나왔다. 그믐날 밤길이 컴컴하다 한들 지금 우리 앞길만 하랴. 한 발짝도 움직일 수 없는 나락 앞에 내가 서 있는 느낌이었다. 사업을 포기해야 하나 말아야 하나. 포기하면 땅은 무엇에 쓰며, 착수금 등 날아갈 돈이 몇억인가. 등줄기에서 식은땀이 흐르고 잠도 오지 않았다.

주민들은 공사 차량이 진·출입하지 못하게 폐교 정문을 트랙터와 콤바인으로 막아놓고, 진입로에 텐트를 치고 죽치고 앉아 비켜주지 않았다. 사건은 나날이 확대되고 지방의 모 일간지에 "끝이 보이지 않는 태양광 시설 찬반대립"이란 제목으로 대문짝만하게 기사화되어 그 지역의 이슈거리가 되었다.

날마다 밀고 당기는 가운데 피곤한 건 매일 출동하는 경찰관들뿐이다. 경찰관들도 사건을 빨리 마무리하고 싶었는지 그분들이 주선하여 다시 주민들과 대화의 장을 만들어 주었다. 공사를 못 한 지 수개월이 지난 어느 날이었다. 당근과 채찍, 두 가지 중 무엇을 먼저 사용할까 고민하다 함께 쓰기로 했다. 경찰관들이 입회한 그날 처음으로 우리의 입장을 설명할 수 있었고 그들도 처음부터 끝까지 안내하며 들어 주었다. 얼마나 고마운 일인지 눈물이 날 지경이었다. 지금까지의 만남에서 자기들 말만 했지 어디 우리 말 한번 끝까지 들어준 일이 있었던가.

우리는 주민들에게 다음과 같은 사항을 제안했다. 첫째, 마을 발전기금을 주겠다. 둘째, 주민들이 요구하는 민원은 최대한 공사에 반영하겠다. 셋째, 위 조건이 합의가 안 되면 법으로 해결하며 공사를 진행하겠다. 그때 발생하는 불상사는 감수하시라.

그러나 1안이나 2안이라면 몰라도 3안인 법으로 이 일을 해결하기란 복잡하고 쉽지 않다. 시간도 많이 걸리고 비용도 많이 든다. 쌍방이 엄청난 손실을 볼 수밖에 없다. 어떻게든 이 법에 의존하는 일은 득이 안 되니 피해야 한다. 사실, 말은 이렇게 던져 놓았지만, 그리고 당장 진전 있는 답을 기대하지는 않았지만, 그날도 역시 돌아오는 답변은 한결같이 태양광발전소 건립은 절대 불가였다.

허나, 돈 즉 마을발전기금이 수면 위로 떠오르자 마을은 협상파와 비협상파로 나뉘고, 절대 불가를 고수하던 사람들의 격렬했던 저항도 좀 수그러지게 되었다. 그러나 마을 사람들이 찬반으로 대립되고 협상 대표의 정통성을 두고 자중지란이 일어나면서, 실타래처럼 꼬인 이원화된 지도부 문제로 오히려 협상에 어려움이 생겨 복잡하게 되고 시간을 질질 끄는 원인이 되었다.

그 이후로도 내가 사는 곳에서 현장까지의 거리가 승용차로 3시간 30분이 소요되는데도 불구하고 쉴 새 없이 찾아다니고,

전화로도 협상한 결과 해결의 실마리가 보이지 않던 문제에 한 줄기 서광이 비치기 시작했다. 마을발전기금을 주고 주민들의 민원은 최대한 반영하기로 합의하고 우여곡절 끝에 태양광발전소(400㎾)를 준공하게 되었다.

나이 들어 사업하는 일은 절대 금물이다. 지역민들의 반대로 6개월 넘게 공사를 못 해 속앓이하며 스트레스를 받았던 그때를 다시는 생각하고 싶지 않다.

행복한 노년을 위한 필수조건은 무엇인가? 돈, 사랑, 명예보다 더 중요한 것은 편안한 마음일 것이다. 이 세상의 모든 것을 손에 거머쥐었던들 마음이 편하지 못하여 가시방석에 앉은 것처럼 좌불안석이라면, 그것들이 우리에게 무슨 보탬이 되겠는가. 나이 들어 돈에 대한 욕심 또한 금물이다. 젊었을 때도 벌지 못한 돈을 나이 들어 모아 보겠다는 것은, 모험 중에 가장 큰 모험이라고 본다.

얼마 전 MBC에서 잘나가는 PD로 활동하며 직위가 국장까지 올랐던 분이, KBS의 〈아침마당〉 프로그램에 나와 퇴직 후 사업을 하다 잘못돼, 청소노동자로 일하며 느낀 이야길 책으로 펴냈다고 말씀하는 걸 보며, 가슴이 찡하고 안타까워 마음이 편치 않았다. 나라고 아니 그 누구라도 퇴직 후 저런 일을 겪지 말라는 법은 없다. 세상에 드러나지 않아서 그렇지 저런 일은 부지기수일 것이다.

삐끗, 한순간의 잘못된 판단이 일생 동안 쌓아 올린 부와 명예를 송두리째 앗아갈 수 있다는 생각에 그저 모골이 송연해졌다. 은퇴 후 사업은 못 올라가는 나무라 생각하고 바라보지도 말자.

팝니다, 욕심

그녀의 나이는 70대 중반으로 부부가 공직 생활을 하다 정년퇴직하였으므로, 그동안 억척같이 돈을 모아 집도 사고 시내의 번잡한 중심가는 아니지만, 어쨌든 상권이 어느 정도 형성된 곳에 건물도 한 채 가지고 있다. 그뿐만이 아니고 전주의 집에서 차로 40분 정도 걸리는 익산의 변두리에 제법 넓은 땅도 소유하고 있다.

지니고 있는 건물은 세를 놓아 통장으로 월세가 들어오는지 확인만 하면 되는 구조지만, 문제는 퇴직 후 제2의 인생을 과일나무를 가꿔 그 열매를 수확하여 얻은 수입으로 생활하며, 유유자적하며 한가히 보내겠다는 야망을 갖고 시작한 아로니아와 매실 농장이었다. 큰 기대를 갖고 시작한 농장 일. 그러나 세월이 점점 흐르다 보니 남편은 건강이 좋지 않아 농장 일을 거들 수조차 없는 지경에 이르렀다. 세 필지도 넘는 드넓은 곳에 꽉 들어찬 아로니아와 매실나무에 봄이 되면 가지를 치고 나무마다 거름을 주는 것은 물론, 예초기로 잡초를 제거하고 매실을 솎아 주고 수확하는 일은 그녀의 몫이 되어 버렸다.

남들 같으면 벌써 손발 다 들고 포기했으련만, 뚝심이 강하고 억척스러운 성격을 갖고 있는 그녀는 혼자, 그 어려운 일을 기꺼이 감내하며 씩씩하게 꾸려 나가고 있다. 그녀를 볼 때마다 여장부답다는 생각도 들지만 한편으론, 힘이 부쳐 힘들어하며 가성비 낮은 일에 매달려 씨름하는 그녀가 안쓰럽기까지 하다.

퇴직 후 제2의 인생에 행복을 가져다줄 것이라 믿으며 희망과 꿈을 갖고 시작한 아로니아와 매실 농사. 그러나 이제 그녀에게 농장은 움켜쥐자니 손이 아프고 놓자니 뭇사람들의 조롱거리가 될 것 같아 계륵이 된 지 오래다. 올해도 탐스럽게 열린 매실을 수확하지 못해, 지인들에게 필요한 양만큼 따 가라고 이리저리 전화하는 게 일이었고, 가격이 폭락한 아로니아는 수확할 엄두도 못 냈다. 많은 양의 아로니아와 매실은 저절로 땅에 떨어져 상품으로서 빛도 보지 못한 채 썩어 나갔다.

행복한 삶을 꿈꾸며 시작한 일이 어이없게도 골칫거리로 변해 버린 농장. 그녀는 이제 와 생각해 보니 애초 이렇게 크게 일을 벌이는 게 아니었다며 노후에 과욕은 금물이라고 말한다.

　인생 후반기에 내 손으로 뭔가를 가꾸며 행복을 느끼는 삶을 원했다면, 노부부가 충분히 일을 감내할 수 있는 작은 땅만 있으면 충분하다. 농사를 지어 소출을 올려 이익을 내겠다는 생각을 한다면, 그것이 곧 과욕이요 불행의 원인이 된다. 지금 그녀의 농장이 꼭 그 꼴이다. 젊었을 때 같으면 몰라도 환갑이 넘어 정년퇴직한 사람들은 10년 뒤면 어떤 몸 상태가 될지 몰라 건강을 자신하기 어렵다.

　그럼에도 사람들은 세월의 흐름에 따라 나이가 들어 몸이 노화된다는 사실을 망각하고, 언제까지나 건강하여 병도 안 걸리고 쉬 늙지도 않아, 병원에 갈 일이 별로 없을 것으로 오판을 하거나 아니면 간과해 버린다. 그러다 보니 지금과 같은 진퇴양난의 심각한 문제에 봉착하게 되는 것이다. 참 안타까운 일이다.

　며칠 전에도 무릎이 아파 걷기도 힘이 든다며 한쪽 발을 절뚝이며 걷는 것이 아닌가. 묻지 않아도 답을 알 수 있는 일이지만 허실 삼아 물어보았다. 또 밭에 가서 일을 하셨느냐고. 돌아온 대답이 기가 차다. 농장 구석에 거름 포대를 쌓아 놓았는데, 지난번 태풍 때 비가 많이 내린 관계로 밭둑의 토사가 유실되면서 거름 포대가 무너져 내려, 다시 정갈하게 쌓아 놓았단다. 일꾼을 사서 옮길 일이지 장정들도 해내기 힘든 일을 여자의 몸으로 왜 혼자 했느냐고 물어보니, 품삯이 아까워서 그리했단다. 그 몇 푼 안 되는 품삯 아끼려다 병원비가 더 나온다는 건, 공직에 있었으니 계산식이 나보다 더 잘 돌아갈 텐데 대책 없는 그녀다.

사실 그녀는 부부가 공직생활을 하고 퇴직했으니 연금만으로도 먹고살기에 충분하여, 우리가 보기엔 노후 걱정이 필요 없는 사람인데, 돈 쓰는 일에 그렇게 인색해서야 원 그녀의 심리 상태를 보통의 상식으로는 이해할 수 없다. 돈을 잃으면 조금 잃은 것이고, 명예를 잃으면 많이 잃은 것이고, 건강을 잃으면 모든 것을 다 잃는다는 말도 있지 않은가. 왜 사람들은 앞에 보이는 작은 이익은 탐하며, 모든 것을 다 가질 수 있는 건강은 탐하지 않는지 알 수가 없다. 눈에 보이지 않는 혜안이 필요한 때다.

사람이라면 어느 누구를 막론하고 이 세상에 빈손으로 왔다 빈손으로 떠난다. 법정 스님은 "아무것도 가지지 않을 때 모든 것을 얻는다."라고 말했는데, 우리 같은 소인배가 그 말씀을 실천하기는 어렵지만, 욕심을 버리면 마음이 편안한 것은 사실이다.

퇴직 후 제2의 인생을 사는 우리에게 방하착放下着이 필요하다. 방하착放下着은 손을 내려 밑에 둔다는 뜻이다. '놓아 버려라'라는 불교 선종에서 화두로 삼는 용어로 인간의 마음속 깊이 자리하고 있는 탐욕을 버림으로써 무소유를 통한 인간의 자기 회복이라는 의미를 지닌다.

"팝니다, 욕심. 한 번도 내 곁을 떠난 적 없음."

정치와 거리 두기

인터넷에 떠도는 이야기가 있다. 소와 사자의 사랑 이야기다.

평화롭고 아름다운 어느 작은 마을에 서로 사랑하는 소와 사자가 있었다. 소는 사자의 용맹함과 과묵한 성격이 마음에 들었고, 사자는 소의 자상함과 부지런함이 마음에 들어 주위의 반대를 무릅쓰고 결혼하게 되었다. 그들에게 사랑보다 중요한 건 없었다. 힘들게 함께하게 된 만큼 둘은 최선을 다하기로 약속했다. 소는 최선을 다해 맛있는 풀을 준비해 날마다 사자에게 대접했다. 사자는 싫었지만 참았다. 사자도 최선을 다해 맛있는 살코기를 날마다 소에게 대접했다. 소도 괴로웠지만 참고 지냈다. 하지만 참을성에는 한계가 있는 법. 소와 사자는 음식

때문에 다투게 되었고, 결국 둘은 애정이 식어 헤어지게 되었다. 그들은 헤어지면서 서로에게 이렇게 말했다. 난 너를 위해 최선을 다했노라고.

소는 소의 눈으로 사자는 사자의 눈으로 세상을 바라보니, 그들의 세상은 혼자 사는 무인도와 같아 소의 세상, 사자의 세상일뿐이다. 나 위주로 생각하는 최선, 상대를 못 보는 최선, 그 최선은 최선일수록 최악의 결과물을 낳고 만다. 여기에서 우리는 혹시 소와 사자의 마음으로 나라를 사랑하지 않았는지 생각해 본다.

세상의 한편 조그마한 땅덩어리에 자리 잡고 있는 한반도, 그 땅도 제대로 지키지 못하고 분단된 채 살아가는 우리 민족. 아픔도 많고 한도 많은 민족이다. 우리는 남북 분단으로 평화 공존이 어려워 항상 가슴에 화약고를 안고 살아가면서도, 합심하여 한번 잘살아 보자고 부지런히 일한 끝에 경제 대국이 되고, 세계의 유수한 선진국들과 어깨를 나란히 하게 되었다. 얼마나 가슴 뿌듯하고 대견한 일인가.

그러나 경제 발전으로 헐벗고 굶주림에서 벗어나 여유로운 삶을 영위하면서도, 한편으론 정치만 생각하면 가슴이 답답해진다. 특히, 선거철만 돌아오면 국민의 여론이 사분오열되고, 그것도 모자라 국민들 사이에 마치 전쟁터에서 만난 적군처럼 네가 죽지 않으면 내가 죽는다는 듯이, 인신공격과 비방을 일삼는 것을 보면 더 그렇다. 어찌 보면 우리 국민들은 애국심이 너무 강한 나머지, 내가 지지하는 후보가 꼭 대통령이나 국회의원 또는 단체장이 되어야 나라가 잘될 것 같다는, 자기 최면에 걸린 사람들이 많아 이런 현상이 나타나는 것이 아닌가 하는 생각도 든다. 어쨌든 내 사랑법이 진정 나라를 사랑하는 방식인지 이즈음에서 한 번쯤 생각해 봐야 할 것 같다.

얼마 전 이름도 거룩한 어버이라는 단어를 사용하는, 말도 많고 탈도 많은 모 단체의 사무실 내부 영상을 TV로 본 일이 있는데, 역대 대한민국의 대통령이 많음에도 불구하고 오직 이승만, 박정희, 박근혜 대통령의 사진만 걸려 있는 걸 보고 한정주가 지은 『율곡, 사람의 길을 말하다』에 나오는 이야기가 생각나 섬뜩했다.

율곡이 일찍부터 뜻을 함께 나눈 친구로 성혼, 정철, 송익필이 있다. 이들 중 정철은 율곡과 동년배 친구였는데, 강직한 성품으로 학문은 물론 도의에도 밝아서 율곡과 더불어 조정의 혁신을 앞장서 추진했다. 그런데 그는 사람이 동인과 서인으로 분

당한 이후 전혀 다른 모습을 보였다. 평소에는 누구보다 힘껏 인의와 정의를 부르짖던 그였지만, 자신과 당이 다른 동인들에게 한 행동은 인의와 정의에 동떨어진 것이었다.

율곡이 사망한 5년 후인 1589년 조정과 사림을 발칵 뒤집어 놓은 정여립 역모 사건, 즉 기축옥사가 일어났다. 이때 정철은 이 옥사의 국문을 주도했다. 그런데 그는 이 사건을 기회 삼아 자신이 평소 미워하고 혐오하던 정치적 경쟁 세력인 동인의 선비들을 대거 도륙했다. 그때 화를 입은 동인의 관료와 선비가 무려 일천여 명에 이를 정도였다.

『선조실록』에는 당시 상황이 이렇게 기록되어 있다.

그때 정철 등이 자기들과 친한 금부도사를 시켜 거짓 가서家書를 선홍복에게 은밀히 전하면서 "만약 이발, 이길, 백유양 등을 끌어넣으면 너는 반드시 살아날 수 있다."고 했다. 그리고 통이 넓은 큰 버선을 만들어 신고 그 말을 버선 안쪽에 써 두었다가 결박될 때 거기에 쓰인 대로 잊지 않고 진술하도록 했다.

선홍복은 그들의 말을 믿고 낱낱이 그대로 진술했는데, 자백이 끝나자 즉시 끌어내 사형에 처하려 했다. 그러자 선홍복이 "이발, 이길, 백유양 등을 끌어넣으면 살려주겠다고 가서와 버선 안에 글을 쓰고는 어찌 도리어 죽이려 하느냐?" 하고 크게 부르짖었다.

정철 등이 사주하여 살육한 것이 이토록 심했다.

이때부터 사람들은 정철을 일컬어, 조정을 떠나면 훌륭한 학자요 뛰어난 시인이지만, 일단 조정에만 서면 자기 한 몸과 당파의 이익을 위해 살육도 서슴지 않는 야차夜叉와 같다고 했다. 정철은 말로는 뜻을 인의에 두고 정의를 부르짖는 도학자였지만 정작 행동은 권력을 얻기 위해서라면 사람까지 쉽게 해치는 사람이었다.

먼 옛날이야기 같지만 지금의 정치 행태와 사람을 죽이지만 않을 뿐 별반 다를 바가 없다. 정치를 안 했으면 정철은 후세 사람들로부터 존경받을 만한 학자요, 우리의 심금을 울리는 출중한 시인이었을 것이다. 아! 정치가 무엇이기에 부모님이 남겨주신 신성한 이름 석 자에 오점을 남긴단 말인가. 요즘도 이런 사람들이 많다. 밖에선 사고가 명확했는데 국회의원 배지만 달면 사리분별이 안 되는 엉뚱한 사람이 된다. 그런데 배지만 떼면 다시 사리 분별 잘하는 멀쩡한 사람으로 되돌아온다는 것이다. 여의도의 국회의사당이 풍수지리에 문제가 있는 것은 아닌가 하고 엉뚱한 생각을 해 본다.

나라를 사랑한다는 미명 아래 내 방식대로 사람들을 계도하고, 또 그에 따르지 않고 불협화음을 낸다 해서 윽박지르거나 흑색선전과 비방은 하지 않는지…. 그것은 소와 사자의 사랑법이다. 소와 사자처럼 최선을 다해 나라를 사랑했지만, 우리는 한반도에 섞여 살면서도 마음에 벽이 생겨 또 하나의 분단을 안고 살아야 한다. 소처럼 소의 세상에서, 사자처럼 사자의 세상에서 말이다. 대한민국이 원하는 것은 국민 화합이다. 그렇게 되려면 국민들이 깨어나야 한다. 소는 사자에게 고기를, 사자는 소에게 풀을 대접할 줄 아는 안목을 갖추어야 한다는 말이다.

은퇴 후 정치에 관여하는 일은 결코 바람직하지 않다고 본다. 그 옛날엔 인터넷 카페가 대세였다면 요즘은 스마트폰에 친구 아니면 취미로 만난 사람들이 모여 이야길 나누는 단톡방을 많이 개설하여 소통하고 있는 것으로 알고 있다. 나도 이런저런 이유로 단톡방에 자의 반 타의 반으로 참여하고 있는데, 그 방의 수가 열 개도 넘는다. 그런데 일상이나 취미 생활을 하며 얻은 소소한 이야기를 나누며 행복을 느끼는 단톡방에, 뜬금없는 정치 얘기를 올려 분위기를 망치는 정신 나간 사람들이 있어 단톡방 내에서 갈등을 유발하는 사례도 있다. 정치인도 아니면서 자기가 무슨 정치인인 것처럼 정치 얘기만 나오면 입에 거품 무는 사람들 참 한심하다.

시사 토론을 보며 열 받아 욕하느니, 산에 사는 사람이나 부부가 함께 캠핑카를 몰고 전국을 누비는 사람들의 이야기가 훨씬 진솔하고 스트레스 안 받는다. 정치가 직업도 아닌데 나이 들어 정치에 관심을 가지고 산다는 것은, 만병의 근원으로 멀리해야 할 스트레스를 오히려 불러들여 가까이 곁에 두고 껴안고 사는 사람과 같다. 암을 유발시키는 데 일조한다는 그 무서운 스트레스를 멀리하는 삶이 건강한 삶이고, 장수의 비결이 아닐까 생각해 본다.

노블레스 오블리주
Noblesse Oblige

노블레스 오블리주는 '사회적 지위에 상응하는 도덕적 의무'를 말한다. 1, 2차 세계대전 때 영국에서 고위층 자제들이 다니는 이튼칼리지 출신 중 2천여 명이 전사했고, 포클랜드전쟁 때는 영국 여왕의 아들인 앤드루가 전투 헬기 조종사로 참전한 일화로 세간에 화제를 낳기도 했다. 1950년 일어난 한반도의 비극 6·25전쟁 때에도 미군 장성의 아들이 140여 명이나 참전해 30여 명이 넘는 사람들이 목숨을 잃거나 부상을 입었다고 한다.

사람의 생명은 그 무엇과도 바꿀 수 없는 소중한 것임에도 불구하고, 사회적 지위에 상응하는 도덕적 의무를 다하기 위해, 내 조국도 아닌 이국의 전쟁터에 나가 목숨을 바쳤다는 것

자체만으로도 우리에게 주는 교훈이 크다고 본다. 전쟁뿐만이 아니라 부를 축적한 사람들 중에 마이크로소프트 창업주인 빌 게이츠와 투자가 워런 버핏이 전 재산의 99% 이상을 기부하겠다고 밝힌 것은 노블레스 오블리주의 모범이 아닐까 생각해 본다.

　노블레스 오블리주가 없는 사회는 병든 사회로 나라의 근간마저 흔들릴 수 있다. 오래되어 어디서 읽었는지 기억이 잘 나지 않지만, "전쟁은 하버드가 일으키고 싸움은 센트럴 하이스쿨이 한다."는 말이 있다. 이 말은 학문적 우수성, 까다로운 입학 조건, 사회 엘리트주의를 지향하는 미국 북동부에 위치한 8개 사립대학을 일컫는 아이비리그(하버드, 예일, 프린스턴, 펜실베이니아, 컬럼비아, 코넬, 다트머스, 브라운대학교)를 나온 정치인들이 책상머리에 앉아 전쟁을 일으키면, 실전에 투입되어 소총의 방아쇠를 당기는 사람들은 애국심 많은 농촌의 시골학교 출신인 서민들로, 그들이 최전선에 나가 피를 흘리며 적을 마주 보고 전쟁을 한다는 것이다. 이런 상황이 오래가면 국민들로부터 정부에 대한 불신이 생겨, 비난의 여론이 빗발칠 것이고 그 결과 어떤 정부도 오래 버티지 못할 것이다. 그러나 미국은 선진국답게

도덕적 책무를 다하려는 사람들이 많은 게 사실이기에, 오늘날 군사적으로나 경제적으로 세계를 선도하는 게 아닐까 생각해 본다.

나라를 이끌어 가는 리더의 자리에는 아무나 앉아서는 안 된다. 왜 적재적소란 말도 있지 않은가. 나라를 이끄는 자리엔 대통령선거의 논공행상에 따라 공이 큰 사람이 아닌, 그 분야의 전문가가 발탁되어야 한다. 그래서 청문회 제도가 생겨난 것으로 알고 있는데, 그런 청문회 제도를 스스로 무력화시키려는 사람들이 있어 참으로 안타깝다.

정권을 잡은 여당에서 한발만 양보하여, 야당이 제기한 하자에 대해 인정하고 겸허히 후보 지명을 철회한다면, 앞으로 이 나라에선 더 이상 청문회 직전에 밀린 세금 납부하고 오는 꼴 불견 후보자를 안 볼 수 있어 좋을 것이다. 가장 중요한 건 하자가 있는 사람은 스스로 알아서 리더가 되겠다는 허황된 생각을 버리고, 청문회에 나서지 않을 것이니 대한민국의 미래가 밝아질 것이라는 점이다. 청문회에서 밀린 세금을 요 며칠 사이 납부했다며 변명 아닌 변명을 늘어놓는 후안무치한 장관 후보자의 뻔뻔함을 볼 때마다, 우리나라의 미래가 밝으리라는 기대보다는 어둡기만 하다는 생각이 드는 건 나만의 생각일까.

아무리 돌아가는 세상이 말세라지만, 국민들은 권악징선이 아닌 권선징악을 권하는 사회, 비정상의 정상화를 꿈꾸는 사회를 원한다. 서민들은 천정부지로 치솟는 집값 때문에 고민이 하늘을 덮고 있는데, 강남에 집 가진 장관이 건설교통부 장관을 하고, 본인이 군 미필이거나 일찌감치 이중국적을 취득해 병역을 면제받은 자식을 둔 사람이 국방부 장관을 한다면, 과연 산적한 현안을 잘 풀어갈 수 있을까. 또한, 경제와 사회 전반의 문제에 기인한 서민들의 뼛속 깊이 사무친 시름을 이해하고 있을까 하는 의문이 든다.

노블레스 오블리주의 문제는 명예를 가진 고위층이나 부자만의 일은 절대 아니다. 우리 같은 서민들에게도 심각하지는 않지만 개인 사정에 상응하는 도덕적 의무를 다해야 한다고 본다. 그렇게 하기 위해 우리는 어떤 일을 해야 할 것인가. 생각이 많아지지만 여기서 우선 한 가지만 말하자면, 가슴 한구석에 꼭 남을 생각하는 이타심을 품으라는 것이다. 남을 위하거나 이롭게 하는 마음인 이타심은 봉사로도 표현되고 기부로도 표출되어 사회가 밝아질 것이다.

추사와 창암

추사체로 유명한 서예가 추사 김정희와 유수체로 우리에게 잘 알려진 창암 이삼만의 이야기를 해 보고자 한다. 붓글씨를 쓰는 사람이든 아니면 붓글씨 쓰는 일에 전혀 관련이 없는 사람이든 간에, 우리 민족 최고의 명필가를 논하라면 누구나 추사 김정희를 떠올릴 것이다. 추사의 글씨가 추사가 살아 있을 때나 지금이나 명필로 추앙받고 있는 것은 부동의 사실이라는 이야기다. 그러므로 추사 김정희의 이야기는 여기서 더 거론하면 사족이 될 것이다.

그러나 창암 이삼만은 명필이지만, 명문세도가로 정치와 문화의 중심지인 한양에서 활동하던 추사와 달리, 몰락한 양반가로 지방(전주)에서 활동한 사람이기에 지명도가 낮았던 게 사실이다. 허나, 창암 이삼만은 서예 도구와 재료는 물론 이론까지도 중국 것에 의존했던 추사 김정희와 달리, 남들이 시도해 보지 않은 갈필, 죽필竹筆, 앵우필鶯羽筆(꾀꼬리 털)과 같은 특이한 재료로 서예 용품을 제작 사용하였다. 창암의 서법 이론의 토대는 항상 자연自然과 결부시킨 서법을 주창(逸韻無跡 得筆天然: 빼어난 소리는 그 흔적이 없고 빼어난 글씨는 천연(자연) 그 자체다)하며, 토속적이라는 이미지와 함께 구름 가듯, 물 흐르듯 쓰는 '유수체'라는 독특한 필법으로 우리나라 서예 역사의 한 축을 이루어 낸 사람이다. 그래서 그런지 이 두 사람의 붓글씨와 관련된 설들이 우리 주위에 자주 등장하는데, 그중 추사와 창암이 관련된 내용을 여기서 언급해 보고자 한다.

명문세가의 후손으로 한때 청나라 거유들과 교유했던 추사가, 상소문 사건에 연루되어 제주도 유배를 떠나며 벌어지게 됩니다. 당대의 큰 학자요 명필인 추사를 맞아, 창암의 제자들이 스승의 글씨에 대한 평을 청한 것입니다. 그때 창암의 나이 벌써 일흔. 그러나 제자들은 중앙 무대에서 내려온 국제적 명사로부터 스승에 대한 찬사를 듣고 싶었겠지요. 잔뜩 기대하고 묻는 그들 앞에서, 말없이 글씨를 내려다보던 추사가 이렇게 내뱉었습니다.

"그 글씨라면 노장이 밥을 굶지는 않겠소."

격노한 창암의 제자들이 당연히 추사에게 해코지하려 들었겠지요. 그러나 그 말을 들은 창암이 만류하며 말했답니다. "그이가 천하 명필이라더니 조선 붓의 갈라지는 맛과 한지의 번지는 멋은 아직 모르는가 보다"라고. 그리고 "언젠가는 그가 날 찾아올 것"이라고 예언했답니다.

제주로 향하는 길목 해남의 대흥사에는 마침 추사의 오랜 친구인 동갑내기 초의선사가 머물고 있었습니다. 초의를 찾은 추사가 대웅보전의 현판을 들여다보더니 대뜸 "저 현판은 떼어 내게. 내가 다시 써 줄 터이니" 하고 말했습니다. 초의는 아무 말 않고 추사가 하자는 대로 따랐습니다.

그리고 8년여. 찾아주는 이 없는 제주 유배생활의 시름을 추사는 책과 글로 달래야 했습니다. 그 제주에서 부인의 부음을 받았습니다. 역관으로 중국에 다녀오며 귀한 서적들을 전해 주던 제자 이상적李尙迪의 의로운 인품을 기려 세한도를 그린 것도 그때입니다.

추사는 62세가 되어서야 유배에서 풀려났습니다. 그리고 귀경길에 다시 해남을 지나게 됩니다. 대흥사에 당도한 추사가 다시 초의에게 물었습니다.

"예전에 걸었던 대웅보전 현판은 어찌했나?"

"어디 헛간에 있을 거야. 난 원래 잘 버리지 못하는 성미거든."

"그럼 그걸 찾아다가 다시 걸어 주게. 내가 그땐 잘못 보았던가 보이."

그래서 오늘까지도 대흥사 대웅보전엔 원교의 현판이 걸려 있게 되었답니다.

추사는 또 그가 탐탁잖게 여겼던 창암을 생각해 냈습니다. 그러나 추사보다 16세나 위인 창암은 벌써 세상을 떠난 뒤였습니다. 추사는 완산군에 묻힌 창암의 묘소를 찾아 '명필완산창암이삼만지묘名筆完山蒼巖李三晩之墓'라고 묘비명을 써 주었습니다.

이상이 항간에 떠도는 추사와 창암에 관련된 글이다.

이 이야기엔 팩트가 있는 것도 사실이다. 그러나 추사와 창암이 직접 만났다는 이야기는 좀 신빙성이 떨어져 보인다. 박철상의 『세한도』(문학동네, 2011)를 읽어 본 분들이라면 고개를 갸웃거릴 것이다. 이 책의 내용 중 추사 김정희가 제주도로 귀양 가게 된 대목을 살펴보면 다음과 같다.

순조가 승하하자 헌종이 왕위에 등극하게 되고, 순조의 왕비인 순원왕후가 수렴청정을 하게 되었다. 순원왕후는 안동 김씨 김조순의 딸로 당연히 안동 김씨들이 권력의 중심에 있게 되었다.

그러나 수렴청정이 끝나고 헌종이 친정을 하자 안동 김씨 세력은 불안을 느끼게 되고, 권력의 중심에서 밀려나지 않으려고 사건을 만들었는데, 그것은 김홍근의 윤상도尹尙度 옥사를 재조사해야 한다는 상소로부터 시작된다. 사건의 개요는 대략 이렇다.

윤상도에게 상소를 종용한 인물이 허성이었으며 허성을 사주한 사람이 김양순으로 드러나고, 김양순은 김정희가 윤상도 상소문을 처음 작성한 사람이라 물고 늘어진 것이다.

헌종 6년 8월 23일 문초가 시작되고, 추사 김정희는 모두 여섯 차례의 고문과 곤장 36대를 맞고 만신창이가 되었다. 9월 4일 헌종은 추사 김정희를 제주도의 대정현에 위리안치하라는 명을 내렸다. 겨우 목숨을 건진 추사는 곧바로 유배길에 올랐다. 갖은 고문과 매질로 만신창이가 된 몸은 추스를 여유조차 없었다.

몸에 형구가 채워지고 매를 맞았다는 모욕감은 둘째치고, 추사를 가장 힘들게 한 것은 조상의 얼굴에 먹칠을 했다는 죄책감이었다. 아버지 김노경은 관작까지 추탈되는 수모를 당했다. 비참한 심정을 하소연할 곳도 없었다. 가장 친한 친구인 권돈인은 그해 7월 형조판서로 임명되었지만, 그가 할 수 있는 일은 아무것도 없었다.

금오랑金吾郞을 떠나 전남 해남의 이진梨津에 도착한 것은 서울을 떠난 지 20일이 지난 9월 하순경이었다.

추사 김정희가 금오랑을 떠나 이진에 도착하기까지 20여 일 걸렸다고 했다. 전주는 위치로 볼 때 대략 한양과 전남 해남 이진의 중간쯤에 있다. 그렇다면 추사가 전주에 도착한 것은 한양을 떠난 지 10여 일 정도 지난 뒤였을 것이다.

그 당시 곤장의 강도는 어느 정도였을까? 같은 사건으로 문초를 받던 김양순이 곤장 60대를 맞고 사망하기에 이르렀으니 여섯 차례의 고문과 곤장 36대를 맞은 추사의 몸 상태를 가늠해 볼 수 있을 것이다. 여기에 팁으로 한 사건을 첨가하자. 효종 4년 일본 나가사키로 향하던 중 풍랑을 만나 제주도에 표류하여, 13년 동안 조선에서 보냈던 헨드릭 하멜이 쓴 『하멜표류기』를 보면, 탈출에 실패한 하멜 일행이 곤장 25대를 맞고 그중한 사람은 후유증으로 죽고, 나머지 사람들은 한 달 동안 누워 지냈다는 기록이 있다. 곤장의 세기가 어느 정도인지 가히 짐작이 간다. 지금 같으면 중환자실에 입원할 정도의 몸 상태임이 분명하니, 걷기는 고사하고 일어나 앉아 있기도 힘든 상태였을 것 같다.

그렇다면 문제는 여기에 있다. 만신창이가 된 몸이 겨우 십여일 만에 치료가 되어 창암을 만날 수 있을까 하는 게 하나의의문이고, 두 번째는 짓지도 않은 죄를 뒤집어쓰고 유배를 가는 억울하기 그지없는 마당에 얼마나 마음이 한가롭고 여유가 있어 창암을 만나 글씨를 보아 주었겠느냐는 거다.

윗글을 종합해 보면 추사와 창암이 만났다고 단정하여 이야기 하는 것은 무리가 있을 뿐만 아니라 설득력이 떨어진다. 아직까지 추사와 창암이 만났다는 고증된 기록은 어디에서도 찾아볼 수 없다. 그렇다면 훗날 보이지 않는 손이 누군가를 위해, 아니면 흥미를 유발하기 위해 지어낸 이야기가 아닌가 하고 추론해 본다.

그런데 많은 문화해설사들이 추사와 창암이 만난 이야기를 진실처럼 말하고 있다. 문화해설사 일은 은퇴 후 많은 사람들이 하고 싶어 하는 인기 봉사 활동이다. 그래서 나이 지긋하신 분들이 많이 하고 계시기 때문에 관광객들에게 신뢰를 얻기에 충분한데, 문화해설사로 남 앞에 선다는 것은 공인으로 선 것이므로 자기 말에 책임을 져야 하는 엄중함이 따른다. 추사와 창암의 이야기처럼 누군가로부터 들은 이야기를 앵무새처럼 전달하는 것보다, 내가 여러 사람 앞에 나서서 이야기할 때는 고증 자료라도 찾아보는 수고라도 하고 임하는 게 본연의 자세가 아니겠는가.

언젠가 문화 지킴이 활동을 위해 모처에서 일주일간 교육을 받은 일이 있었다. 그때 강사로 나선 모 대학교수께서 대놓고 하신 말씀이 생각난다. 가끔 보면 문화해설사분들이 얼굴색 하나 변하지 않고 잘못된 정보를 전달한다며, 여러분들은 그렇게 하지 않았으면 좋겠단다. 관광객의 흥미를 유발하기 위해 야담을 끌어들이는 것은 좋지만, 어디까지나 야담은 사실과 허구가 공존함으로 거짓이 사실을 덮으면 안 되므로, 어디까지가 사실이고 어디까지가 허구인지를 꼭 밝혀야 한다.

오류를 수정하지 않으면 먼 훗날 야담이 진실이 되어 살아 움직일 수도 있다. 허황된 정보가 사람들을 해치거나 인류를 나쁜 길로 인도하지 않는다 해서 가볍게 넘겨서는 안 된다. 우리 모두 후세를 위해서라도 확인되지 않은 사실로 진실을 왜곡하는 데 앞장서는 우를 범하지 않았으면 하는 마음이다.

부부로 산다는 것

나는 연애결혼을 했다. 그 당시 아내에게 한눈에 반한 난, 그녀를 못 잡으면 내 인생에 희망이 없다는 생각에 그녀가 소극적으로 나올 때면 오히려 저돌적으로 다가갔다. 그녀의 무엇이 그리 좋았을까? 그녀는 책을 좋아했고, 음악을 좋아했으며, 활동적이었다. 그리고 무엇보다 지적이었고 대화가 잘 통해 동질감을 느꼈다.

다만 두 사람 사이의 성격은 상반되어, 나는 정적이고 고요한 반면 그녀는 동적이고 쾌활한 성격이었다. 염세주의 철학자 쇼펜하우어는 그의 인생론에서 키 큰 사람은 키 작은 사람을 좋아하고, 눈이 작은 사람은 눈이 큰 사람을 좋아한다는 이론을 펼쳤다. 나 역시 나와 성격이 정반대인 그녀가 좋아서 결혼했고, 부부란 부족한 점은 서로 보완하며 살면 되는 것이라고 가볍게 생각했다. 그러나 부부 생활을 오래하다 보니 결혼은 낭만이나 핑크빛 사랑만으론 접근해선 안 된다는 것을 뼈저리게 느끼고 있다. 상반되는 것들에 대해서 어떻게 서로에게 접근하여 그 고리를 풀어 나갈 것인가에 대한 대비가 꼭 필요하기 때문이다. 그렇지 않으면 수명이 길어져 부부 생활이 길어진 만큼 긴 세월을 고달피 살아야 한다.

퇴직 전까진 정말 몰랐다. 서로 바쁘게 살다 보니 부부 사이에 '간극'이란 말이 존재는 하는 것인지, 또 간극의 정체는 무엇을 의미하는지. 이제 퇴직한 우리에게는 부부간에 서로 얼굴을 맞대는 시간이 길어졌다. 하지만 얼굴을 맞대면 맞댈수록 간극이 더 커진다. 그동안 서로는 어쨌든 찰떡궁합이라고 생각했는데, '어 이게 아니네.'란 말이 입 안에서 나도 모르게 흘러나온다. 젊은 날엔 각자 가족의 생계를 위해 모진 세파에 떠밀려 다니다 보니, 이것저것 생각해 볼 겨를도 없이 여기까지 흘러왔다.

한 사람은 하얀 쌀밥을 좋아하는데, 한 사람은 잡곡밥을 좋아한다.
한 사람은 먹을 것이 있으면 눈앞에 있는 것만으로도 포만감을 느끼는데, 한 사람은 눈앞에 보이는 먹거리는 다 먹어치워야 쾌감을 느낀다.

한 사람은 트로트 중에서도 신나고 빠른 음악을 좋아하는데, 한 사람은 클래식이나 팝송을 좋아한다.

한 사람은 성질이 급해 '빨리빨리'라는 말이 입에 붙었는데, 한 사람은 엉덩이에 불이 붙어도 천하태평이다.

한 사람은 책상 앞에 앉아 글쓰기를 좋아하는데, 한 사람은 들로 산으로 나가기를 좋아한다.

한 사람은 TV를 별로 안 보는데, 한 사람은 TV를 좋아한다.

한 사람은 말하기를 싫어하는데, 한 사람은 말하기를 좋아한다.

한 사람은 뜨거운 것을 좋아하는데, 한 사람은 차가운 것을 좋아한다.

한 사람은 고전을 좋아하는데, 한 사람은 공자 왈 맹자 왈은 싫어한다.

한 사람은 스포츠를 좋아하는데, 한 사람은 스포츠를 싫어한다.

한 사람은 여름을 못 견뎌 하는데, 한 사람은 겨울을 못 견뎌 한다.

한 사람은 초저녁잠이 많은데, 한 사람은 초저녁잠이 없다.

한 사람은 자연 그대로가 좋다는데, 한 사람은 하얀 머리는 나이 들어 보인다며 염색한다.

한 사람은 이제 그만 일하자 하는데, 한 사람은 힘 다할 때까지 일하며 살아야 한다고 주장한다.

한 사람은 결혼도 시켰으니 자식들에게서 벗어나자 하고, 한 사람은 아직도 뒷바라지를 해야 한다고 주장한다.

한 사람은 현실에 너무 집착한다 하고, 한 사람은 현실을 직시하지 못하고 낭만만 추구하며 뜬구름 위를 위태하게 걷는다고 말한다.

이 외에도 결혼해 부부가 해로하며 손으로 꼽을 수 없을 만큼 많은 다른 점을 발견할 수 있을 것이다. 결혼할 땐 일심동체였는데 왜 퇴직 후 이심이체가 되었는가? 지금 우리가 느끼는 이 기분은 상대가 변해서가 아니다. 옛날이나 지금이나 변한 건 없다. 단지 우리가 결혼할 때 알았던 상대에 대한 앎은, 그 사람의 그저 일부로 빙산의 일각처럼 간단히 식별할 수 있는 부분만 알고 있으면서, 마치 다 아는 것처럼 서로 상대에 대한 모르는 부분을 간과한 결과인 것뿐이다.

우리 집 밥통엔 사연이 가득하다
배고파 밥통을 열면 흰 쌀밥과 거무튀튀한 잡곡밥이
서로 의심의 눈초리를 보내며 경계하듯 웅크리고 있다
삼팔선이 그어지고 남북이 마주 보며
적대시하는 것도 힘든 일인데
우리 집 밥통 안은 항상 적개심으로 가득하다
들녘에서 시집온 여자와 논다랑이마저 찾아볼 수 없는

가난한 산골 촌놈이 만난 탓이다

결혼은 나의 부족한 곳을 메워 줄 짝을 찾는 일이라는데

쌀만 먹고 자란 여자와 보리만 먹고 자란 남자가

가정을 이뤘으나

사십 년이 넘도록 섞이질 못하고 있다

빨강과 파랑이 대치된 태극기를 볼 때마다

저놈의 태극기 때문에

통일이 안 되는 것 같아 분통이 터지는데

밥통을 열 때마다

쌀밥과 잡곡밥 때문에

부부간 의견일치가 안 되는 것 같아

또한 분통이 터진다.

　아내와 함께 오랫동안 동고동락을 했으니, 이제는 눈에 보이지 않는 세심한 곳까지 모두 다 알 것 같지만, 내가 알고 있던 부분보다 내가 모르고 있던 부분이 더 많음을 느끼는 노후다. 서로를 위해 노력한다면 가능하지 않을까도 생각해 보지만, 그동안 삶의 무게로 짓눌러 굳어진 습관이나 고정관념으론 풀어내기 그리 쉽지 않을 것이다. 노후를 알콩달콩 살 수 있는 묘책

은 없는 것일까? 그 해답은 각자의 취향에 맞는 취미 생활에 빠져, 부부간에 만나는 시간을 좀 줄여 보는 것도 괜찮은 방법이라 생각해 본다.

주말부부처럼 사는 것도 괜찮을 것 같다. 주말부부가 되려면 전생에 나라를 구하는 큰 복을 지어야 한다는 우스갯소리도 있지 않은가. 나도 퇴직 후 한 3년 정도 주말부부로 산 적이 있는데, 금요일이면 아내가 있는 집에 갈 생각에 정신이 없었다. 그땐 만나면 정이 넘쳐나고 아내가 사랑스러워 서로 싸울 시간이 없었다. 아침에 출근해서 밤에 퇴근하듯 생활하면, 서로의 단점도 잘 보이지 않아 티격태격할 일이 없을 것 같다.

모처럼 부부간에 의기투합했는데
지나가던 이웃 할머니 우리보고
부부가 닮아서 잘 살겠다네.
저 화상보다 내가 한 수 위인 줄 알았는데
우린 코끝에 검댕 묻은 두 마리 똥개였나 봐.

여보야,
다시 태어나도 당신만 사랑한데이-

깨갱 깽 깽

신소리 마레이-

깨갱 깽 깽.

- 고경숙의 「부부학 개론」 중에서

홀로서기

인간은 어머니 배 속으로부터 고고지성을 울리며 태어날 때도 혼자였고, 이승을 떠나 저승으로 갈 때도 혼자 가지만, 한평생을 남과 어울려 미운 정 고운 정 쌓아 가며 어우렁더우렁 살아가게 되어 있다. 그렇게 서로 어울려 생활하다 보니 사람들은 한생을 살면서 수많은 만남과 이별을 겪게 된다.

인생의 멘토를 만나고 스승을 만나고 은인을 만나고, 그 외에 사람마다 약간은 다르겠지만 여러 가지 좋은 인연을 맺어 사람들을 만나지만, 만남 중에 가장 중요한 만남은 부모를 만나고 배우자와 자식을 만나는 일일 것이다.

이와 반대로 헤어짐 중에는 애인과 친구와 또는 애완동물 등과 헤어지는 일로 아픔이 크겠지만, 가장 스트레스를 많이 받는 일은 당연히 부모 형제와 헤어지고 처자식과 헤어지는 일일 것이다. 백년해로를 기약하며 결혼식장에 들어설 때의 마음은, 영원히 변치 않는 마음으로 평생을 함께하다 한날한시에 죽기를 원하지만, 세상일은 그렇게 호락호락하지 않다.

인생이란 게 어디 정답이 있어야 말이지, 정답이 없다 보니 사람마다 각자의 가치관이 다른 삶을 살다 보면, 마음이 안 맞아 별거를 하거나 이혼을 할 수도 있고, 건강이 허락지 않아 배우자를 먼저 보내고 혼자 남아 외롭게 생을 보내야 하는 경우도 있을 것이다.

만남 중에는 좋은 인연도 있고 악연의 경우도 있지만, 인간사에 그래도 기분 좋은 상상을 할 수 있게 해 주는 게 만남이 아닌가 생각된다. 그러나 헤어짐은 만남과는 정반대의 상태로, 좋은 기억보다 헤어짐으로 인한 충격이 사람을 여러 가지 번뇌의 소용돌이에 휘말리게 만들고, 결과물로 인간의 마음에 한 점 아픔의 씨앗인 외로움을 남긴다.

외로움이란 사회적 동물인 인간이 타인과 격리되어 소통을 못 하거나, 사랑하는 사람과 이별하고 혼자가 되었다고 느끼는 감정을 말한다. 그러나 외로움을 오랫동안 겪다 보면 우울증으로 이어질 수도 있어, 사실 그냥 간과하고 지나칠 수 없는 문제로 꼭 해결하고 넘어가야 할 문제다.

남자나 여자 모두 혼자 살며 겪는 가장 큰 문제는 배우자의 빈자리가 말해 주는 외로움일 것이다. 남자들은 혼자 살게 되는 처지가 되면 여자에 비해 설상가상으로 집안일을 스스로 해결하며 먹고사는 문제가 하나 더 추가된다. 밥, 빨래, 설거지, 청소 등 평소에 하지 않던 집안일을 해야 하기에 어려움이 많다. 물론 요즘 젊은 세대들은 부부간에 서로 도와가며 집안일을 해나가기에, 아기 돌보는 일도 여자보다 남자들이 척척 곧잘 하지만, 베이비 부머 세대는 그런 훈련이 되어 있지 않기에 집안일을 하는 것이 서툴고 어색하여 불편함을 느끼게 된다.

남자가 혼자 살다 보면 가장 큰 걱정거리는 없는 집에 제사 돌아오듯이 돌아오는 매 끼니일 것이다. 하루 이틀도 아니고 끼니마다 음식점에서 사 먹을 수도 없고, 그렇다고 김밥이나 라면으로 해결할 수도 없는 노릇이다. 그래서 많은 사람들은 혼자 생존하기 위해선 남자도 요리를 배워야 한다고 생각한다. 요즘은 TV에 요리하는 프로그램이 많다. 얼마 전까지만 해도 주방장이라 해서 은근히 하대하는 경향이 있었는데, 요즘은 시대에 맞게 조리장이나 셰프Chef라는 품격 있어 보이는 명칭으로 그들을 부르며 부러워하는 시대가 왔다.

소나 염소도 아니고 무슨 음식을 먹는다기보다는 위에 욱여넣는 '먹방'이란 프로그램이 인기고, 연예인들이 나와 요리를 척척 해내는 프로그램도 인기가 많다. TV의 영향일까 아니면 사회의 트렌드가 그쪽으로 흘러가고 있는 것일까? 어떤 남성들은 요리학원에 등록하고 열심히 요리를 배워 자격증도 따는 것을 보았다. 그러나 내가 보기에 요리학원에 다니며 자격증을 따는 일은 취미로 하면 몰라도 생존을 위해 준비하는 일로는 시간 낭비라는 생각이 든다.

요즘 모 방송국에서 진행하는 〈나는 자연인이다〉라는 프로그램이 있다. 깊은 산중에 도시와 스스로 격리되어 홀로 떨어져 사는 사람들의 이야기를 나도 자주 보는데, 아마 도시 생활에 염증을 느끼면서도 그러나 여러 가지 각자가 처한 환경 때문에, 모든 걸 다 접고 어디론가 홀쩍 떠나 버릴 수 없는 사람들의 로망을, 대리만족시켜 주기에 인기가 좋지 않은가 생각해 본다. 혹시 모르겠다. 나물 뜯고 각종 채소 길러 먹는 깊은 산 중에 홀로 사는 자연인이라면 몰라도, 막상 남자 혼자 도시에 살며 반찬 만들고 찌개 끓여 먹고 살기는 쉽지 않다.

내가 사는 이곳은 원래 주택가였는데, 지금은 원룸으로 빼곡히 차 있다. 원룸이 많아졌다는 것은 일인 가구가 많아졌다는 뜻이고, 일인 가구가 많아졌다는 것은 혼자 사는 것에 대한 불편함이 없다는 이야기다. 만일 혼자 사는 일에 불편이 크다면 이 많은 사람들이 무엇 때문에 혼자 살아가겠는가?

그들이 불편 없이 사는 이유는 무엇일까? 당연히 일인 가구를 위한 사회적 기반이 그 옛날에 비해 발달하면서 그만큼 견고해졌다는 이야기다. 매 끼니를 해결하기 위해 어려운 점이 있다면 마트에 답이 있다. 밥만 할 줄 알면 된다. 아니 마트에 가면 지어 놓은 밥도 파니 밥할 줄 몰라도 된다. 허나 밥할 줄 안다면, 뜨거운 밥을 전자레인지용 용기에 담아 냉동 보관해 놓고, 식사 때마다 전자레인지에 따끈하게 데워 먹으면 된다. 반찬이나 찌개는 마트에 가면 없는 게 없다. 혼자 사는 사람을 위해 소포장된 제품도 많다.

홀로서기에 가장 큰 장애는 끼니를 어떻게 해결할 것인가에 있는 것이 아니라, 오히려 남녀 공히 가슴 깊이 스멀스멀 피어오르며 몸에서 온기를 몰아내고 한기를 느끼게 하여, 가슴 시리게 하는 불청객 외로움을 어떻게 극복해야 하는가에 있다고 본다. 외로움을 이기지 못하면 마음의 병이 생기고, 마음의 병이 생기면 당연히 신체도 허약해져 앞날이 힘들어진다.

　　홀로서기! 쉽지 않은 일이지만 인간은 어차피 언젠가는 혼자일 수밖에 없기에, 평상시 훈련을 통해 강인한 정신력을 길러 갑자기 홀로 되었을 때, 상실감으로 인한 무기력에서 벗어나야 한다. 운동과 취미 생활을 하며 외로움이 들어오지 못하게 마음의 빈틈을 없애 보는 것도 하나의 방편이라 생각된다.

멀리 보는 혜안

내가 고등학교에 다니던 때는 60년대 후반으로 지금으로부터 오십 년이 지난 일이지만, 지금도 생생히 기억나는 선생님이 한 분 계시니 그분은 다름 아닌, 그 당시 연세가 지긋하면서도 진급을 못 해 평교사로 계시던 영어 선생님이시다. 선생님은 성격이 강직하고 곧아 윗사람들에게 직언을 잘하셨다. 그래서 영어도 회화 위주로 공부해야 한다고 항상 주장하시며, 문법 위주의 교육은 죽은 영어 교육이라고 공석이든 사석이든 가리지 않고 공공연히 공언하고 다니셨다. 그러니 영어 시간만 되면 내키지 않는 방식의 공부를 가르치는 게 마음에 안 들어서인지, 공부 잠깐 하고 나면 문교부의 잘못된 교육 행정을 성토하고 정부 정책도 싸잡아 비난하였다.

그 당시는 살벌한 군부독재 시절로 함부로 정부 정책에 대해 말하지 못하는 시기였음에도 불구하고, 학생들 앞에서 정부를 비방하며 울분을 참지 못하여 연신 손수건으로 눈물을 훔치곤 하셨다. 이러한 선생님의 모습은 학생들에게 데모를 선동하는 행동이라 여겨 블랙리스트에 올라, 문교부나 학교장의 사찰 대상이 되었음이 뻔하다(그땐 고등학생들도 정부 정책에 반대하며 길거리에 나가 데모를 하였음). 그러니 유추해 보건대 교육계에서 좋은 대접을 받을 수 없는 것은 당연한 현실이었을 것이다. 그 무렵 수많은 사람들의 생각엔 회화 위주의 영어 교육을 해야 한다는 주장은 그저, 뜬구름 잡는 일처럼 남의 집 개 짖는 소리로 치부되고, 선생님을 어리석은 또는 망상가로 몰아세워 상대도 안 해 줬을 것은 자명한 일이다.

하루는 영어 시간에 우리에게 달걀을 교탁에 세우는 마술을 보여 준다며, 달걀 두 개를 사 오라고 하셨다. 학생들이 설마 콜럼버스의 달걀 세우기는 아니겠죠? 하며 반문하자, 지금이 어느 땐데 그런 마술을 하느냐며 빨리 사 오라고 하셨다. 그러자 앞줄에 앉아 있던 한 아이가 눈썹을 휘날리며 정문 밖으로 튀어 나가 달걀 두 개를 사 왔다. 학생들이 모두 달걀을 어떻게 세울 것인가 하고 숨죽이고 있는데, 달걀을 받아 든 선생님은 야릇한 미소를 지으시며 달걀을 요리조리 보다가, 교탁 모서리에 톡톡 깨더니 홀짝 한입에 털어 넣으셨다. 에~이! 하는 아이들의 비난 소리와 동시에, 다른 달걀마저 껍데기를 깨 홀짝 입 안에 털어 넣으며 하시는 말씀, 오늘 아침 바빠서 식사를 못 했다며 이제 배가 채워졌으니 공부하잔다.

선생님은 교사 생활을 하시기 전에 북경교향악단에서 바이올린을 연주하는 단원으로 계셨다는 말씀을 한 적이 있으셨다. 인생유전이라던가. 선생님께서 어떻게 하여 바이올린을 연주하다 공립학교의 영어 교사가 되었는지 전후 사정은 알 수 없으나, 돌이켜 보건대 영어보다는 음악을 더 좋아했던 것 같기도 하다. 영어를 가르치다 흥이 안 나면 선생님은 항상 반장을 시켜, 교무실의 선생님 책상 밑에 넣어 둔 바이올린을 가져오라 하여 연주를 하시곤 했는데, 그 시절 인기 절정의 대중가수인 나훈아의 노래는 무슨 곡이든지 신청하라 하여 바이올린을 켜곤 하셨다. 바이올린 연주를 감상하고 학생들은 손뼉을 치고 다시 곡을 신청하고…. 창문을 닫은 교실이지만 바이올린 소리는 옆 반뿐만 아니라 전교 학생들의 수업을 방해함은 물론 교무실에도 들려, 모든 교직원과 교장, 교감 선생님도 분명히 들었을 것인데, 누구 하나 말리는 사람이 없었으니 통제 불능의 괴짜 선생님임이 분명하다. 아무리 실업학교(공업고등학교)지만 요즘에 만일, 영어 선생이 수업 안 하고 학생들에게 바이올린을 연주해 줬다면 당장 해고당했을 것이다.

지금 생각해 보면 호랑이 담배 피우던 시절의 이야기임이 분명하다. 그러나 한편 돌이켜 보면 그 선생님이야말로 진정 선생다운 선생님이셨다고 생각된다. 선생님은 호랑이 담배 피우던 시절 이미, 대한민국의 모든 영어 선생과 학생들이 공부시간에 문법에 매달려 쓸데없이 시간을 소비하는 현실을 안타까워하며, 회화 위주의 교육을 해야 한다고 백년대계를 말하는 혜안을 가지고 계시지 않았는가 말이다. 또한, 바이올린 연주도 지금 생각해 보면 교향악단에 몸담고 계셨으니 품위 있게 '바흐의 G 선상의 아리아' 같은 곡을 연주할 수도 있었을 텐데 왜, 굳이 나훈아의 노래를 연주했을까? 그것은 학생들에게 수준 있는 클래식을 연주해 졸게 하느니, 학생들의 눈높이에 맞춰 항상 쉽게 접할 수 있는 대중가요를 연주함으로써 학생들이 좀 더 음악에 가까워지기를 기대한 것이 아닐까 하는 생각이 든다.

그렇다, 잘못된 정책은 후세를 위해서라도 시정을 요구하고, 공부는 강제로 끌고 가는 식이 아니라 공부를 하게끔 주위에서 환경을 조성하고 배려해 주는 것이 산교육이라는 것을, 선생님은 이미 알고 계셨던 것이었다. 아무리 영어 공부를 잘하는 사람도 외국인을 만나면 피해 가기 일쑤고, 어쩔 수 없이 외국인과 마주치는 상황이 되면 붉어진 얼굴로 간신히 Yes와 No만 내뱉던 그 시절로부터 어언 오십 년이 흐른 지금, 세월은 변하여 영어 교육에 회화를 강조하고, 외국에 다녀오지 않았어도 자유자재로 프리 토킹Free Talking 하는 학생들을 보며 격세지감을 느끼게 된다.

바이올린으로 무언의 반항을 하셨던 영어 선생님을 떠올리며, 멀리 보는 안목뿐만 아니라 나이 들어서도 멋지게 사셨던 선생님의 삶을 다시 한번 반추해 본다. 우리 모두 멀리 보는 혜안을 갖고 살아가는 사람이 된다면, 지금보다 좀 더 행복한 노후가 되지 않을까 싶다.

남의 가슴에 남는 삶

내겐 특별한 친구가 한 명 있다. 그를 만나게 된 것은 그와 내가 인구가 적은 시골의 조그만 면 소재지에 있는 중학교를 같이 다녔기 때문이다. 그와 나는 키나 체격이 비슷해서 그런지 서로 호감이 가 중학 생활 내내 친하게 지냈다.

그 당시 우리 집은 부자는 아니었지만 그렇다고 도시락을 못 챙겨갈 정도로 가난하지는 않았다, 비록 보리밥이지만 어머니께서 기죽지 말라며 겉에 쌀밥을 살짝 올려 그럴싸하게 포장한 바람에 남들 보기엔 잘사는 축에 들 정도였다. 그런 나에 비해 그 친구는 점심시간이 되면 주먹밥처럼 꾹꾹 눌러 싸 온 보리밥 누룽지를 점심으로 먹었는데, 혼자 먹지 않고 자주 나를 운동장 한편으로 불러내 같이 나누어 먹곤 했다. 그렇게 우리는 누룽지를 나누어 먹으며 새싹처럼 움트는 우정을 키워 갔다.

그럭저럭 3년의 세월이 흘러 중학교를 졸업하게 되었고, 우린 서로 잘 가라는 인사도 없이 헤어지게 되었다. 그리고 난 그를 한동안 잊고 살았다.

사회에 나와 직장 생활을 하며 결혼하여 가정도 꾸리고, 자식들 뒷바라지하느라 바쁘게 살던 80년대 초반 어느 날 전주에 있는 Y병원에 진료받으러 갔다가 그곳에서 일하던 그를 우연히 만난 적이 있었다. 그러나 식사 한 끼 대접 못 하고 바쁜 일상에 찌들어 살던 우리는 또다시 자연스럽게 헤어지게 되었다. 그 후 내가 꼭 그를 만나 보고 싶어 그의 직장으로 찾아갔을 땐, 이미 그는 직장 생활을 접고 늦은 나이에 목회의 길로 가기 위해 신학대학에 진학했다는 말만, 그의 남은 동료들을 통해 들을 수 있었다.

만나 봐야겠다는 필요성을 느끼면서도 짬을 내지 못한 것이 후회되었지만, 허탈한 마음과 함께 세월은 덧없이 또 그렇게 흐르고 흘러갔다. 세월이 흐르다 보니 나도 직장에서 퇴직을 하게 되었고, 젊은 시절에 비해 마음이 한결 여유로워진 어느 날, 그가 내 가슴 한구석에 아직도 자리 잡고 있음을 느꼈다. 잊고 산줄, 정말 영영 잊고 산 줄만 알았는데 첫사랑의 여인처럼 그렇게 잊을 수 없었나 보다.

열 일 제치고 수소문 끝에 그와 전화 연락이 되어 점심을 같이할 수 있었다. 그는 총신대를 나와 조그마한 면 단위 시골 교회에서 목회 활동을 하고 있었다. 내가 살고 있는 곳과 그곳은 정말 가까운 거리임에도 불구하고, 만나는 데 너무 오랜 시간이 걸린 것이다. 만시지탄晩時之歎이 아닐 수 없지만 지금이라도 그를 만난 것에 만족하고 거기에 방점을 찍고 싶다.

점심 식사 중 그동안 지내 온 세월을 반주 삼아 이야기꽃을 피웠다. 그리고 난 중학교 때 점심시간에 누룽지를 챙겨 주던 그의 은혜를 잊을 수 없어 가슴에 안고 살았는데, 오늘 이렇게 점심을 대접하게 되어 정말 기쁘다고 말했다. 그리고 왜 그렇게 점심시간만 되면 나를 챙겨 주었는지에 대해 넌지시 물어보았다. 그러나 그는 그 일을 까마득히 잊어버리고 있어 잘 기억이 나지 않는다고 했다. 다만 그는 어린 나이임에도 불구하고 그 당시 커서 어른이 되면, 꼭 목회자가 되겠다는 꿈을 가지고 있었다고 한다.

그는 중학교에 다닐 당시 아버지께서 일찍 돌아가셨기 때문에, 가정형편이 너무나 어려워 점심을 싸 가지고 다닐 형편이 안되어, 점심을 굶거나 도시락 대신 누룽지와 고구마로 한 끼를 때웠다고 했다. 나는 내 귀를 의심했다. 그리고 갑자기 눈물이 핑 돌고 목이 막혀 음식을 삼킬 수가 없었다. 나는 친구가 눈치 챌까 봐 얼른 냅킨으로 입을 막고 헛기침을 했다. 나는 비록 쌀밥이 아닌 보리밥이지만 그래도 배불리 도시락 다 먹었음에도 불구하고, 배고픈 그의 점심을 뺏어 먹은 꼴이 된 셈이다. 내가 조금이라도 그에게 관심을 갖고 그의 마음을 헤아렸다면, 오히려 그 친구와 내 도시락을 나누어 먹었을 터인데 말이다. 후회스럽고 창피하기까지 했다. 아무리 내가 어렸지만 정말 철이 없는 행동을 했다 자책하며, 친구에게 그 당시의 생각이 부족했음에 이해를 구했다.

그는 지금의 교회에서 30년 넘게 목회자로 일하고 있다고 전하며, 아내가 유방암으로 고생했던 이야기도 했다. 갑작스러운 아내의 유방암 선고에 충격도 충격이었지만, 암을 고치기 위해선 치료비가 필요한데, 그 당시 그는 가진 돈이 없어 항암치료를 할 엄두를 못 내었다는 이야기였다. 결국 교인들의 도움으로 병을 치료해 완치 판정을 받을 수 있었다며, 교인들이 아내를 살렸다고 그들에게 고마움을 돌렸다. 나는 이 대목이 이해가 안 되었다. 그래서 되묻고 싶었다. 목회 활동을 하면 당연히 봉급을 받을 터인데 왜 돈타령을 하는 것인지 의문이 갔다. 그러나 더 이상 묻지는 않았다. 나중에 알게 된 일이지만 그는 여전히 수중에 쥔 돈이 없다고 했다. 수중에 돈이 들어오면 자기가 개척한 교회는 아니지만 모든 돈은 교회와 목회를 위해 다 썼고, 이 교회에 뼈를 묻고 때가 되면 은퇴할 계획이란다.

오늘 나는 남에게 베푼 사람은 그 일을 쉽게 잊는 데 비해, 은혜를 입은 사람은 그 일을 가슴 깊이 묻어두고 평생을 잊지 않고 산다는 것을 새삼 깨닫게 되었다. 그래서 앞으로는 다른 사람의 가슴에 남는 사람이 되는 삶을 살아가겠다고, 가슴에 손을 얹고 다짐해 본다.

은퇴 후 모범생으로 살지 않기

어느 시인은 우리의 삶에는 정답이 없다고 노래했다. 그러나 살다 보면 정답이 없는 게 한두 가지가 아니라는 걸 우리는 잘 알고 있다. 사실 삶이란 깊이 생각해 보면 한없이 어려운 문제지만 또한 가벼이 생각해 보면 별것 아닌 게 우리의 삶인지 모르겠다. 자기 자신을 만들어 사는 것이 아니라 살아가면서 자기 자신을 만드는 것이 인생 아닌가 생각해 본다.

인생은 한판의 바둑을 두는 일과 같은 것인지도 모른다. 바둑의 기본은 정석이다. 정석을 모르고 바둑을 둔다면 그건 어불성설이다. 귀 쪽에서부터 정석을 이용해 내 집을 만들고, 그

집을 기반으로 좋은 행마법을 이용해 중앙 무주공산으로 돌진하여, 적을 맞이하여 혈투를 벌여 상대보다 더 많은 집을 차지해야 내게도 승산이 있다. 그런데 정석을 모르고 바둑을 두며 상대와 전투를 벌인다면, 지고 이기는 일은 명약관화明若觀火한 일이 아니겠는가. 백전백패일 것이다.

그러나 프로기사들은 어인 일인지 누차 강조해도 부족한 정석을 배우고 난 후에는, 실전에 사용하지 말고 잊으라고 권한다. 나도 그 말을 처음 접했을 땐 말도 안 되는 그딴 소린 하지도 말라고 핏대를 세운 적이 있었다. 한판의 바둑을 둘 때 그 판의 정석은 내가 만들고 그 안에 내 삶이 있는 것이지, 시중에 책으로 엮어 돌아다니는 정석은 이미 나 아닌 남도 다 알고 있어 흉내를 내서는 안 된다. 이 오묘한 진리를 깨닫기까지는 세월이 많이 흐른 뒤었다.

은퇴한 우리네 삶도 마찬가지라 생각된다. 그동안 부모를 봉양하고 처자식을 먹여 살리느라, 사회규범에 맞추어 정석으로 산 것은 아주 칭찬받을 일이다. 그러나 우리에겐 정석이 필요한 시기는 이미 지났다. 이제 정석을 잊어야 할 때가 온 것이다. 그동안 모범생으로 살았다면 지금부터는 그렇게 살지 않았으면 한다. 그렇다고 지금까지 살아왔던 착실한 생활을 버리고 불량하게 살라는 말은 아니다. 단지, 규정된 틀에 갇혀 있던 사고와 행동을 과감하게 틀 밖으로 끄집어내, 새로운 눈으로 세상을 바라보라는 것이다.

은퇴 후 뒷방에 앉아 있으라는 법원의 판결은 없다. 그런데 왜 많은 사람들은 스스로 가택연금을 당하고 있는지, 나는 도무지 이해할 수가 없다. 밖에 나가면 활동할 일도 참 많은데 말이다.

당신은 걸어 다니는 하나의 도서관이다. 또한 당신이 평생 쌓은 지식은 도서관에 소장되어 있는 그 어느 책보다 값어치가 크다. 당신이 가지고 있는 지식을 사장시켜선 안 된다고 본다. 당신이 그 지식을 얻기 위해 바친 수고와 돈과 수많은 세월들을 생각해 본다면, 절대 그냥 버릴 수 없는 아까운 보물이다. 우리 사회에 재능기부 할 곳은 많다. 지금 당장 실천해 보자. 새로운 삶이 당신을 기다리고 있을 것이다. 그동안 어쩔 수 없이 먹고살기 위해 몸에 맞지 않는 옷을 걸치고 남의 눈치나 보며 원치 않는 삶을 살아왔다면, 지금부터라도 그동안 내면 깊이 숨겨 놓았던 끼를 찾아보고 거기에 푹 빠져 살아보는 삶도 괜찮지 않을까 싶다.

매월당 김시습은 "백년일기국 만기위순식百年一碁局 萬期爲瞬息, 인생 백 년이 바둑 한판 같다면 백만 년도 한순간"이라 읊었다.

지금 우리가 살고 있는 이 시대를 백세시대라고 말하지만 짧고 짧은 게 인생이다.

자! 이제부터라도 가정을 위해 모범생으로 사는 것도 좋지만, 그동안 살았던 좁디좁은 생활 터전의 범주를 벗어나 좀 더 넓은 세상으로 튀어나와 견문을 넓히고, 내가 갖고 있는 끼를 살려 멋진 노후를 만들어 보자.

자유로운 영혼을 위하여

은퇴한 우리에게 이제 남아도는 게 시간이다. 허구한 날 남아도는 시간을 어떻게 소비하며 보낼 것인가. 이때 필요한 게 취미생활일 것이다. 취미생활은 문화예술의 소비를 뜻하기도 하지만, 이 취미생활을 잘 활용하면 문화예술의 생산자로 주체가 바뀔 수도 있다.

나는 직장을 그만두면 어떤 일을 할 것인가에 대한 준비도 없이 첫 직장에서 갑자기 명예퇴직을 하게 되었다. 그때 준비도 안 된 상태에서 겁도 없이 퇴직한 것을 많이 후회했었다. 그래서 재취업을 하였을 땐 다시는 반복해서 후회하지 않기 위해, 퇴근 후의 시간을 이용하여 붓글씨도 쓰고 한자지도사 자격증

공부도 게을리하지 않은 결과, 붓글씨로 전국대회에서 대상도 받았고 한자지도사 자격증도 취득했다.

그러나 말이 취미생활이지 요즘은 돈이 없으면 취미생활도 불가능하다. 어느 것 하나 부수적으로 돈이 필요치 않은 것이 있는지 되묻고 싶다. 돈 안 드는 게 등산이라지만 등산을 위해 갖추어야 할 기초적인 장비인 등산복과 등산화 값을 따져 보라. 배드민턴이나 탁구 라켓 하나 값도 적지 않은 돈이고 구장 사용료도 있다. 돈이 없으면 아무 일도 할 수 없는 게 작금의 현실이다.

그런데 가정에서의 경제권은 거의 다 아내들이 쥐고 있다. 가계 수입이 적어진 상황에서 용돈 달란 말도 한두 번이지 쉽지 않다. 아내의 주머니 속에 있는 돈을 내게로 가져오기가 어디 그리 쉬운 일인가. 아무리 사이좋은 부부라도 그 돈 벌써 어디에 다 썼느냐고 따져 캐묻는 날도 있게 될 것이다. 그때의 서운함을 대비해서라도 용돈은 본인이 직접 벌어서 써야 한다. 돈이 없으면 죽은 목숨이다. 사회생활을 하며 이해관계로 만나 관계망이 성근 어설픈 친구는 말할 것도 없고, 오랫동안 끈끈한 관계를 유지했던 절친한 친구도 소원해지게 마련이다.

은퇴 후 취미생활을 하려면 용돈 벌이는 기본이다. 그렇다고 하루 8시간 내내 일에 매달려 있어야 하는 일은 체력도 생각해 봐야 할 때이기에 권하고 싶지 않다. 잘못하면 용돈 벌려다 배보다 배꼽이 더 커 병원비로 더 많이 나갈 수도 있기 때문이다. 사업이나 로또복권을 사는 등 일확천금을 노리는 허황된 생각에서 벗어나, 소소한 일을 통해 적은 수입이라도 유지해야 한다. 본인의 체력에 맞게 하루 4시간 정도, 아니면 일주일에 10시간 정도가 적당할 것 같다.

나 같은 경우 퇴직 후 지금까지 파트 타임의 일은 놓아본 적이 없다. 복지관에서 서예와 한자를 가르치고, 지역아동센터에서 아이들을 지도하고, 또 재능기부와 프리랜서 기자로 TV 방송국에서 리포터 생활도 하고, 한시적이지만 내가 거주하는 지방의 한 일간지에 도민기자로도 활동하고 있다.

한 달 수입이 30만 원이면 어떻고 50만 원이면 어떠랴. 은행에 목돈 저축해 놓고 깨지 못하고 어렵게 사는 것보다 몇 배 윤택한 생활이 될 것이다. 적은 내 한 달 수입이 은행에 예치한 2~3억 원의 돈 가치를 한다 생각하면 그 사람은 부자가 아니겠는가. 사람에 따라서는 한 달 벌이로 이 돈이 많다고 생각되지 않는 분들도 계시겠지만, 가계에 보태지 않고 본인의 용돈으로 쓰기엔 넘치지는 않지만 부족하진 않다고 본다. 그러나 퇴직 후에 육체노동이 아닌 화이트칼라 노동으로 이런 수입을 얻기란 쉽지 않다. 더구나 일정하게 출퇴근을 하는 정규직도 아닌 비정규직이란 신분으로 말이다. 사람이란 오늘도 중요하지만 항상 내일을 대비하는 게 맞는다 생각된다.

상촌 신흠의 「인생」이란 시의 한 구절이 생각난다.

> 백 년을 못 살면서 만 년 살 계획 세우고
> 오늘을 살면서 또다시 내일 살 걱정하지.
> 아등바등 사는 인생 끝내 뭣이 남으려나
> 북망산 무덤 모두 높은 분들 것이련만.

맞는 말이다. 그러나 이 시에서 말하고자 하는 핵심은, 출세와 명예 그리고 부의 축적을 위해, 정도를 벗어나면서까지 너무 허황된 생각을 가지고 인생을 아등바등 살지 말라는 뜻이지, 내일을 대비하지 말라는 이야긴 아닌 듯하다. 현직에 몸담고 있을 때, 은퇴 후 어떤 계획을 가지고 살아갈 것인지를 대비한다면, 결코 퇴직 후 하는 일마다 자꾸 발을 헛디뎌 후회하는 일은 없을 것이다.

준비하는 자만이 기회를 잡는다는 말이 있지 않은가. 이 이야긴 젊은이들에게만 국한된 이야기는 아니라고 본다. 항상 준비하여 자신 앞에 돌아오는 기회를 허망하게 놓치지 말고 꼭 잡으시길 기대해 본다.

노년의 행복 찾기

우리는 젊은 시절을 치열하게 살았다. 지금 같지 않게 그 당시엔 결혼은 필수였고, 결혼을 안 하면 당사자에게 몸에 무슨 결격사유라도 있어 결혼을 못 하나 보다 하고 주위 사람들이 색안경을 쓰고 보았다. 그러니 명문대학을 나와 대기업에 취직하고, 결혼하여 떡두꺼비 같은 아들 하나 낳는 길이 엘리트 코스로, 부모의 속을 썩이지 않고 효도하는 자식의 모범으로 치부되기도 했다. 결혼을 하고 싶어도 경제적인 여건으로 '혼자 살기도 버겁다'며 결혼은 생각도 못 한다는 사람은 차치하더라도, 이런저런 이유로 스스로 결혼을 포기하는 세태에서 보면 코웃음이 절로 나오는 그때 그 시절의 풍속도다.

남자들은 결혼을 하게 되면 세월이 흐름에 따라 식구가 늘고 당연히 처자식에 대한 부양의 의무가 따라온다. 여자 역시 남편의 갑작스러운 실직이나 무능으로 인해 가계에 도움이 필요하다고 생각되면, 앞뒤 가릴 것 없이 생활 전선에 뛰어들어 치열하게 살게 되어 있다.

인생이란 무엇인가? 영국 출신으로 미국에서 활동한 희극배우 찰리 채플린은 "인생은 가까이서 보면 비극이지만 멀리서 보면 코미디다."라고 말했다. 또 어떤 사람은 "인생을 심각하게 살지 마라. 아무도 살아남지 못하는 게 인생이다."라고도 말했다. 그러나 난 인생은 본질적으로 어떻게 사느냐의 문제라고 본다. 살아가려면 먹어야 하고, 먹으려면 열심히 일을 해야 한다. 그렇다고 인간은 동물과 달라 배불리 먹는다 해서 행복을 느끼지는 않는다.

심리학자 매슬로Maslow는 인간의 욕구를 생리적 욕구, 안전의 욕구, 소속감과 사랑의 욕구, 자기 존중의 욕구, 자아실현의 욕구의 5단계로 보았다. 그는 사람에게는 저마다 기본적인 생리적 욕구에서부터, 궁극적으로는 자아실현에 이르는, 말하자면 충족되어야 할 욕구의 단계가 있다고 주장했다. 아래 단계에서부터 위 단계까지 거슬러 올라가며 욕구가 충족됨에 따라 점점 더 높은 정서적 위계 수준이 우리의 의식을 지배하게 된다. 그러므로 먹을 것이 부족하거나, 집이 없어 거처할 곳이 없거나, 스스로가 느끼기에 안전하지 못한 불안한 환경에 처해 있다고 느끼는 사람은 높은 욕구를 실현할 수 없다.

매슬로는 진정으로 건강한 사람들은 가장 높은 심리적 욕구까지 충족시키고 자기실현을 이룬 사람, 즉 자기 성격 또는 자아의 여러 구성 요소들을 완전히 통합시킨 사람들이라고 믿었다. 따라서 매슬로의 이론에 의하면, 먹는 문제는 생리적인 문제로 인간의 욕구 중 하등의 욕구일 뿐이므로, 그것으로 만족하는 사람은 하등 동물과 다름없는 삶을 산다고 봐야 할 것이다.

결론적으로 말해 인간은 맨 위 단계인 자아실현의 욕구가 채워져야 행복하다고 보는데, 그 행복을 움켜쥐기 위해서 때론 상생이란 미명 아래 불의와 적당히 타협을 하고, 때론 상대와 죽고 살기로 치열한 경쟁을 벌이기도 한다. 어쨌든 젊은 시절엔 나와 우리 가족의 행복과 안녕을 위해 치열하게 살아온 게 분명하다.

나이 들면 어떤가? 행복의 1순위는 생리적 욕구도 자아실현의 욕구도 아닌 건강일 것이다. 대부분의 사람들은 젊었을 때 생활 전선에 뛰어들어 열심히 살았으니, 이젠 모든 욕심 내려놓고, 느리게 편안하게 살아가리라 마음먹고 있을 것이다. 젊었을 때 치열하게 살았으니 일선에서 물러난 지금은 느슨하게 사는 게 순리라고 생각할 것이다.

그러나 난 그렇게 생각하지 않는다. '인생은 60부터'란 말을 끌어와 군이 인용하고 싶지 않지만, 지금에 60세는 그 옛날 우리 어렸을 적에 비하면 이팔청춘이다. 되돌아보면 오히려 피가 끓어올라 혈기왕성했던 젊은 시절엔, 덤벙거리다 실수하는 우를 범하지 않게 몸을 식혀 가며 느슨하게 살아야 하고, 은퇴 후엔 차갑게 식고 가라앉은 혈기를 북돋우기 위해서라도 바쁘게 살아야 한다고 생각한다.

퇴직 후엔 아무래도 기력이 젊은 시절 같지 않고 약해진다. 그렇다고 삶의 방식까지 약해진 몸에 맞춰 느리게 산다면 오히려 건강에 더 문제가 생긴다. 힘든 일을 못 한다고 방구석에 앉아 하루를 보내면 안 된다. 부지런히 몸을 움직여야 한다. 집안의 잡일을 스스로 알아서 처리하고, 아내에게 잔심부름 안 시키고 스스로 해결만 해도 건강하게 살 수 있다.

습관이 잘못 들면 건강에도 문제가 생긴다. 현직에 있을 때의 습관은 버리자. 나이가 들면 직장에서도 자연스럽게 높은 자리로 옮겨 앉게 되고, 당연히 부하 직원이 늘어나고 잔심부름까지 하는 사람이 생겨, 바지런히 몸을 움직여야 하는 일은 별로 없다. 오랫동안 되풀이하여 몸에 익은 채로 굳어진 개인적 행동이 습관이다. 그때의 습관을 퇴직 후에도 갖고 있다면 빨리 버리자. 굳어진 버릇을 쉽게 고치지 못하면 당신 자신에게 돌아오는 대미지damage를 피할 수 없다. 말을 타고 다니는 양반보다 양반이 탄 말을 끌며 걸어 다니는 하인이 양반보다 훨씬 건강하여, 아기도 많이 낳고 오래 산다는 말이 있지 않은가.

　노후엔 가까운 곳은 걸어 다니고 좀 멀다 싶으면 자가용을 타지 말고 대중교통을 이용하자. 젊었을 땐 부지런히 움직여야 먹을 것이 나오므로 자가용이 필요하겠지만, 은퇴한 우리에게 자가용은 건강을 해치는 적이다. 대중교통만 이용해도 하루 만 보 정도는 충분히 걸을 수 있다. 요즘엔 스마트폰에 건강관리 앱이 깔려 있어 그 앱을 이용하면 하루에 몇 보를 걸었는지, 에너지는 몇 kcal를 소모했는지, 바로바로 확인할 수 있다.
　바쁘게 산다는 것은 내 몸을 많이 움직인다는 뜻이 있다. 건강한 정신에 건강한 육체라지만, 육체가 건강하지 못해 온몸이 여기저기 쑤시고 아프면 정신이라고 왜 피폐해지지 않겠는가. 우리 속담에 가난이 창틈으로 들어오면 사랑이 대문을 박차고 나간다는 말이 있다. 우리 몸에 병마가 들어오면 행복 역시 내 몸을 버리고 떠나갈 것이다. 나이 든 우리는 마지막 남은 행복을 놓치지 않기 위해서라도, 느려진 운동신경을 일깨워 활기차게 몸을 움직이며 사는 연습이 필요하다고 본다.

댄스를 배워 보자

그동안 나는 꾸준히 골프와 배드민턴 운동을 즐겨왔다. 건강이 무엇보다 중요하다는 것은 삼척동자도 다 안다. 그러나 건강을 위해 오랜 세월 동안 꾸준히 운동하기란 그리 쉽지 않다. 건강을 잃으면 세상을 잃는 것이나 마찬가지가 아닌가. 그래서 퇴직 후에도 골프와 배드민턴 운동을 오랜 세월 동안 해 왔다. 그러나 세월이 흐를수록 경제적인 이유나 건강상의 이유로, 골프 치는 친구들이 하나둘 떨어져 나가 혼자가 되니 연습장에 나가는 것이 싫어져, 한동안은 아예 배드민턴 운동만 하고 다녔는데 내게 문제가 생겼다.

배드민턴 운동은 매력 있는 운동임은 분명하다. 나는 여러 종류의 많은 운동을 해 봤지만 10여 년 넘게 꾸준히 한 운동은 골프와 배드민턴뿐이다. 배드민턴 운동은 하면 할수록 매력 있고 즐거운 운동으로 나도 모르게 깊이 빠져들게 되는데, 나중엔 중독을 일으켜 시간만 나면 배드민턴장을 찾게 만든다.

허나 배드민턴은 과격한 운동이다. 그래서 배드민턴 운동을 하고 집에 온 날은 몸이 피곤하여 아무 일도 못 하고, 소파에 벌러덩 드러누워 있으니 아내가 좋아할 리 없다. 나 역시 더 이상 배드민턴 운동을 하면 건강하게 팔팔한 노후를 지내려다 관절이 나빠져, 걷지도 못하는 불상사가 생겨날 것 같아 그 운동을 당장 그만두지는 못하고, 일주일에 한두 번 정도만 운동하기로 마음먹었다. 그리고 배드민턴 운동을 대체할 운동은 뭐가 있을까 고민하다, 친구에게 자문하니 사교댄스를 해 보란다. 사교댄스도 배드민턴 같지는 않지만 운동이 많이 된단다.

사교댄스! 순간 거부감이 먼저 내 뇌리를 스친다. 그건 좀 그렇다. 뭐 하고많은 운동 중에 남들이 색안경을 쓰고 보는 댄스를 하고 다니나. 내성적인 난 초등학교 시절 율동 시간에 선생님을 따라 춤을 추는 것이 부끄러워, 우두커니 서서 친구들 율동하는 것을 지켜만 보곤 했던 기억이 떠올라 싫었다. 율동을 해본 일이 없는 초등학교 시절의 트라우마 때문에 내가 여러 사람 앞에서 춤을 출 수 있을까 하는 그런 의문도 들었다. 그 후 여러 번 춤을 배워 보라는 친구의 권유가 있었지만, 때론 한쪽 귀로 흘려보냈고 때론 못 들은 척 무시하고 지냈다.

그렇게 몇 년이 지난 어느 날 친구가 또 춤 얘기를 꺼냈다. 사교춤이라는 것이 좋은 것인지 아니면 대다수의 사람들이 선입견을 가지고 생각하는 것처럼 나쁜 것인지는, 춤을 배워 남들과 함께 즐겨 보고 난 후에 결정을 해도 늦지 않다는 것이다. 한편 생각해 보니 일리가 있는 말이다. 그래, 나 스스로 옳고 그름을 판단하여 그때 가서 더 춤을 출 것인지 아닐지를 결정해도 늦지 않다. 그래서 도전을 좋아하는 나는 춤 배우는 일에 도전해 보기로 결심했다.

일곱 살 때 어머니의 손에 이끌려 초등학교에 입학하러 갈 때처럼, 친구의 손에 이끌려 낯설고 어색하기만 했던 댄스학원에 난생처음 발을 들여놓게 되었다. 귀에 익은 음악이 흘러나오고, 여자들이 이 남자 저 남자의 손을 번갈아 가며 잡고 춤을 추는데, 춤추는 여인이 아름답게 느껴지기는커녕 오히려 여러 남자의 손을 번갈아 잡고 노는 것만 눈에 들어와, 왜 이렇게 추한 짓을 하는가 하는 생각만 머릿속을 맴돌아 적응하기 힘들 것 같다는 생각이 들었다.

그럭저럭 세월이 한참 흐른 요즘 생각해 보면 춤 배우길 잘했다. 새벽같이 출근할 일 없다 보면 누구나 마찬가지로 본인도 모르게 게을러져, 몸을 가꾸는 데 신경을 덜 쓰게 되어 있다. 조선 시대 남원 출신의 여류 시인 김삼의당은 「봄을 그냥 보내네」란 시에서 "밤마다 그대 그리워 잠 못 드니 / 누굴 위해 아침 거울을 보겠어요. / 뜰에는 복사꽃 배꽃 만발하여도 / 또 이렇게 봄을 그냥 보낸답니다."라고 읊었다. 자기를 보아 줄 임이 없으니 몸치장할 일이 없다는 뜻이다. 어찌 보면 몸치장은 여자에게는 한 끼의 밥이나 자존심보다도 더 소중한 것인데도 이러한데 하물며 남자들은 오죽할까.

부지런하게 댄스를 하면서부터 내 일상에 변화가 생겼다.

첫째 매일 밤낮으로 몸을 씻는다.
둘째 매일 겉옷은 물론 속옷을 바꿔 입는다.
셋째 입 냄새를 없애기 위해 노력한다.
넷째 얼굴에 로션을 바르는 일은 기본이다.
다섯째 항상 외모에 신경을 쓴다.
여섯째 어깨를 펴고 허리를 세우는 등 자세를 바르게 한다.

댄스동우회에 들락거리다 보면 그곳에 들락거리는 사람들의 얼굴들이 눈에 들어온다. 그러다 보면 각자 마음속으로 그곳에서 만나는 사람들에 대한 평가를 할 것이다. 춤을 잘 추는지 못 추는지에 관한 평가도 하겠지만 때론 그 사람의 행동이나 말씨, 옷 입은 태도, 몸에서 나는 체취 등에 대해서도 평가할 것이다. 그러니 춤을 추려면 당연히 차림새나 말씨 그리고 행동에 주의를 기울여야 한다.

춤은 내 몸을 청결하고 건강하게 유지할 수 있는 비결이기도 하다. 난 춤을 배운 후로 잡된 고민이나 우울한 기운이 없어졌다. 그동안 많은 취미생활을 해 왔다. 그러나 그 어떤 운동을 하면서도 흥미를 느끼고 재미있다는 생각을 해 보긴 했어도 행복하다는 생각은 해 본 일이 없었다. 그런데 춤을 추면서부터 나는 행복하다는 생각을 하게 되었다. 내일은 새로운 음악과 새로운 사람을 만나 춤을 출 수 있다는 기대는, 나를 항상 행복하게 만들어 주는 자기최면이다.

KBS에서 〈전국노래자랑〉의 진행을 맡고 있는 송해 선생님은 90이 넘은 연세에도 불구하고 집중력을 높이기 위해 알까기 놀이를 하고, 시간이 나면 노래와 춤을 춘다고 한다. 춤이라는 것은 음악에 맞춰 남자와 여자가 한 쌍이 되어 일정한 공식에 따라 스텝을 맞춰 몸을 움직이는 것을 말한다. 다시 말해 머리와 몸을 함께 써야 하는 게 춤이다.

　요즘 워라밸이라는 말이 자주 등장한다. 이 말이 뜻하는 바는 일에 파묻혀 성공을 꿈꾸기보다는 일상을 즐기려는 라이프 스타일 즉, 일과 삶의 균형을 맞추자는 개념으로 주로 젊은이들에게 해당하는 말이다. 그렇다면 은퇴한 사람들에게는 쉬는 일과 몸을 움직이는 일에 균형을 맞춰야 한다는 의미의 리모밸(relax and movement balance) 개념이 필요하다고 생각된다. 이 용어는 물론 내가 지어냈다.

　젊은이들에게 춤은 말 그대로 취미 또는 좀 더 질 좋은 삶에 지나지 않을지 모르지만, 나이 든 어르신들에게 춤은 운동이고 건강과 직결되기에 중요하다고 생각한다. 우리 몸에서 근육은 45%를 차지하고 있는데, 30대를 넘어가면서 근육량이 매년 1%씩 감소한다고 한다. 춤추는 일이야말로 머리와 몸을 함께 쓰므로 인지능력이나 근력, 심폐기능과 골다공증에 영향을 주어 건강에 도움이 된다고 본다.

　조용히 앉아 좋아하는 음악만 감상해도 기분이 상쾌해지는데, 하물며 음악에 맞춰 남녀가 함께 춤을 추는 일은 그저 황

홀의 극치다. 어떤 이는 이런 표현을 쓰더라. 춤을 출 땐 구름 위를 걷는 것 같은 황홀함을 느낄 수 있는 환각 상태에 빠지노라고.

혹시 아직도 주저하시는 분이 계신다면 본인이 직접 춤을 배워 추어 보고 취사선택을 하였으면 한다. 춤을 배우기 위해 댄스학원에 가는 것이 부담스러우면 주민센터에서 진행하는 자치 프로그램에도 댄스 교실이 있어, 일반 학원보다 저렴한 가격으로 댄스를 배울 수 있으니 참고하시기 바란다.

그리고 혼자 사는 사람이라면 몰라도 결혼하여 배우자가 있다면 배우자 몰래 춤을 추지는 말자. 아직도 한국 사회에서는 많은 사람들이 사교춤 하면 불건전하게 생각하고 터부시한다. 부부간에 서로 춤을 춰도 좋다는 공감대가 형성되면 그때 댄스를 하고 그렇지 않으면 하지 않는 게 좋다. 가정의 평화를 위해서라도.

세월은 우리를 기다려 주지 않는다

수욕정이풍부지	樹欲靜而風不止
자욕양이친부대	子欲養而親不待
왕이불가추자년야	往而不可追者年也
거이불견자친야	去而不見者親也

나무는 가만히 있고자 하나 바람이 그치지 아니하고,

자식은 효를 다하고자 하나 부모는 기다려 주지 않네.

한번 흘러가면 쫓아갈 수 없는 것이 세월이요,

떠나면 다시 볼 수 없는 것이 부모님이네.

『한시외전韓詩外傳』에 나오는 말이다.『한시외전』은 중국 전한시대 한영이라는 역사학자가 기술한 책으로, 고사와 고어 그리고 설화를 통해 시경을 쉽게 풀이해 놓은 책이다. 이 글이 시사하는 바는 모든 일에는 때가 있고, 그때를 놓치면 안 된다는 말일 것이다.

배워 보자.

우리에게 주어진 시간은 젊은이들에 비해 턱없이 부족하다. 틈나는 대로 무엇이든지 부지런히 배워 보자. 배우는 일은 정규 코스로 학교에 다니는 학생이 아니기에 여러 방법이 있다. 직접 박물관이나 관광을 통해 현장을 돌아다니며 눈으로 보고 귀로 들으며 배우는 방식도 있고, 도서관에 틀어박혀 책을 통하여 간접적으로 배우는 방법도 있다. 또 저자와의 대화를 통해서, 아니면 평생교육기관이나 복지관 또는 관공서 등을 통해 수강신청을 하여 정기적으로 강의를 들으며 배울 수도 있다. 인문학을 좋아한다면 도서관이나 박물관 또는 이곳저곳에서 주관하여 실시하는, 인문학 강좌를 수강할 수도 있다. 교육을 하는 곳도 많고 프로그램도 다양해, 공부하는 데 전혀 부족함이 없는 곳이 대한민국이 아닌가 싶다.

마음을 비워 보자.

"인생의 가장 큰 저주란 목마름이 아니라, 만족할 줄 모르는 메마름이다."라고 공자께서 말씀하셨다. 욕심의 끝은 어디이고, 그 욕심을 버린 사람은 있기나 한 것일까? 그런 사람이 있다면 달관한 사람일 것이다. 인생의 진리를 꿰뚫어 보아 눈앞에 보이는 사소한 일에 집착하지 않고, 넓고 멀리 바라보는 경지에 이른 사람. 과연 우리 주위에 그런 사람이 정말 존재하고 있을까? 없을 것이다. 그러나 그 경지에는 이르지 못하더라도 눈앞에 보이는 사소한 일에 집착만 안 해도 마음이 비워진 사람이 아닐까 생각해 본다. 욕심은 집착을 낳고 집착은 자신뿐만 아니라 남까지 피폐하게 만든다. 사랑이라는 미명 아래, 가족이나 형제 그리고 친구나 지인들을 구속시키고, 내 방식이 옳다고 강요하는 삶을 살진 않았는지 반성하자. 남과 내가 다름을 인정하고, 틀린 것이 아니라 다른 것임을 인정할 줄 안다면, 그 사람은 이미 마음을 비우고 성인의 경지에 오른 사람임이 분명하다.

나눠 보자.

행복의 조건은 무엇인가? 사람에 따라 제각기 다른 여러 유형의 이유를 꼽을 것이다. 그러나 나는 '자신의 정체성을 아는 일'을 꼽고 싶다. 정체성이란 본질적으로 갖고 있는 자신만의 특성이다. 나라는 사람은 어떤 사람인가를 확실히 알면 행복해진다.

자기만의 가치관이나, 정치적 신념, 인생의 방향 등을 정확히 설정해 놓고 살아가는 사람은 분명 행복할 것이다. 그 행복을 나눠 보자. 본인의 정체성에 맞게 행동하며 실천하면 된다.

돈을 기부하거나 직접 본인이 장학재단을 만들 수도 있고, 때에 따라선 몸으로 때우는 연탄봉사에서부터 재능기부까지, 행복을 나누는 방법은 손가락으로 셀 수 없을 정도로 많다. 나는 미미하지만 이 사회엔 미약한 내 손길을 기다리며, 도움을 구하는 사람들로 꽉 차 있다. 소외계층의 그들에겐 우리의 따뜻한 말 한마디가, 동지섣달 북풍한설이 몰아치는 한겨울밤 연탄불보다 더 필요할지도 모른다.

영국의 극작가이자 비평가이며 소설가로 노벨상을 수상한 조지버나드쇼. "우물쭈물하다가 내 이렇게 될 줄 알았어."라는 그의 묘비명을 굳이 여기에 옮겨 인용하지 않더라도 세상의 모든 일에는 때가 있는 법. 그때를 놓치면 무용지물이다. 좋은 일 한 번 해 보고자 했으나 평생 한 번도 못 해 봤다고 후회하지 말고, 오늘 해야 할 소소한 일은 내일로 밀치고 바로 실천에 옮겨 보자. 세월은 우리를 기다려 주지 않는다.

시간 낭비는 금물

남자들은 퇴직을 하고 나면 모임이 자꾸 줄어가고, 여자들은 남편이 퇴직하고 나면 모임이 하나둘 더 늘어난다고 한다. 이유는 간단하다. 우리나라는 가정의 경제권이 다는 아니지만 거의 여자에게 있는 게 통상적이다. 언제부터 이런 현상이 일어났는지 정확히는 알 수 없지만 적어도, 봉급이 통장으로 이체되던 시기와 맞물리지 않았나 생각해 본다. 하기야 월급봉투를 받던 시절에도 봉투째 아내에게 바쳤던 기억이 나는 걸 보면, 우리나라는 가부장적인 가족 형태를 유지하고 있었지만, 가계만큼은 여자가 운용해야 한다는 일종의 눈에 보이지 않는 사회적 추세가 있었나 보다.

그러니 자연스럽게 남자들은 비자금이 없는 한 용돈 또한 줄어드니 씀씀이가 적어지고, 많은 모임에 들어가는 회비를 지출하기 쉽지 않을 것이다. 그에 비해 여자들은 어떤가. 다 그렇지는 않겠지만 아무래도 경제권을 갖고 있는 여자들은 그래도 용돈으로부터 자유로울 것이다. 그러니 오히려 모임이 많아진다고 본다. 남편과 집에 머무는 시간이 많아진 만큼 뒷수발로 인한 스트레스가 많아진다. 당연히 남편을 피해 집 밖으로 나다니게 되어 있다.

나이가 들수록 남성들은 여성 호르몬이 많이 생겨나고 여자들은 남성 호르몬이 많아져, 남성의 여성화와 여성의 남성화로 인해 남자와 여자의 역할이 바뀔 정도는 아니지만, 생활 패턴에는 변화가 생겨 그럴 수도 있을 것이다. 이때, 아무리 따로 놀더라도 남자든 여자든 시간을 낭비하지 말자는 것이다.

하루하루를 다람쥐 쳇바퀴 돌 듯 사우나에서 수다를 떨다 오는 사람을 보면 안타깝다. 많은 중년들이 이런 생활을 하고 있는 것으로 알고 있는데, 왜 하필이면 사우나인가. 사우나는 열심히 일하고 몸이 피곤할 때 가끔 피로를 풀기 위해 이용하면 된다.

차라리 그 시간에 운동을 하면 어떨까. 사우나는 외부의 열로 체온을 상승시켜 땀을 흘리게 되는 방법이고, 운동은 근육을 씀으로써 나는 열로 체온을 상승시켜 땀을 흘리게 하는 방식이다. 기왕이면 근육을 쓰는 운동으로 땀을 흘리는 게 건강상 여러모로 좋을 것이다.

또 한 가지는 잡기를 멀리하라는 것이다. 장기든 바둑이든 아니면 고스톱이건 시간과 장소를 가려 적당히 하라는 것이다. 사람들은 몸을 쓰든지 아니면 머리를 쓰든지 간에 상대와 경쟁을 하면 이기려고 한다. 그것이 승부욕인데, 한자로 '욕慾' 자는 '하고자 할 욕'과 '마음 심'이 합해진 글자다. 분수에 안 맞는 욕심을 내는 마음을 가리킨다. 지나친 승부욕은 나뿐만 아니라 남에게까지 마음의 상처를 준다.

처음 시작은 무료한 시간을 재미나게 보내 보자는 순수한 마음에서 시작되지만, 게임에서 매번 지게 되면 쓸데없는 승부욕이 발동하고, 그 결과는 아무도 예측 못 하는 돌발 상황으로 번질 수도 있다. 친구 간에 의리가 깨지고 의가 날 수도 있고, 평소엔 남의 소소한 어려움을 그냥 지나치지 못해 의기투합하여 의협심을 나누는 가까운 사이임에도 불구하고 막말이 오갈 수도 있다.

바둑이나 장기 아니면 당구 등 그것을 직업으로 하는 사람들이야 무조건 이겨야 한다. 단, 정정당당히 맞서 승부를 가려야 한다. 그러나 우린 그게 직업이 아니다. 이겨도 그만이요 져도 그만인데, 왜 승부욕이 발동하여 얼굴을 붉혀야 하는가. 지나고 나면 낯 뜨거워질 텐데 말이다. 항상 승부를 가르는 잡기는 경계하고 멀리하는 게 좋다. 분위기상 어쩔 수 없이 행하는 경우에도 삼시 세 판으로 끝내자.

공원에 가 보면 한여름 폭염 속에서 또는 한겨울 혹한도 잊은 채, 하루 종일 바둑이나 장기로 소일하는 사람들이 많다. 그 시간에 봉사활동도 할 수 있고 재능 나눔도 하며, 자기 계발을 할 수도 있는데 말이다.

생각해 보라. 잡기나 사우나로 매일 하루 4시간씩 소비한다고 보자. 한 달에 20일만 잡아도 80시간이다. 일 년이면 960시간이 된다. 별것 아니네 하며 우습게 볼 시간이 아니다. 잡기와 사우나 등으로 무의미하게 시간을 허비하며 보낸 사람과, 자기 계발을 위해 그 시간을 알뜰히 쓴 사람은 10년 후 180도로 다른 삶을 살아갈 것이다. 어떤 사람은 은퇴 후 더 퇴보된 생활을 할 것이고, 어떤 이는 자기 계발을 꾸준히 하여 전문가 수준의 실력을 갖춰, 그 분야에서 두각을 드러내 많은 사람들의 관심을 독차지할 수도 있을 것이다.

왜 '일만 시간의 법칙'도 있지 않은가. 어느 분야든 그 분야에 성공을 거두기 위해서는 일만 시간의 노력이 필요하다는 이론 말이다. 하루 3시간씩 십 년이면 10,950시간이다. 이 시간 동안 한결같이 한 가지 일에 집중하면 그 분야의 최고가 된다는 것을 의미한다.

그러함에도 불구하고 우리가 살날이 얼마나 남았다고, 천금같이 아까운 시간을 낭비할 것인가. 나는 여기서 잡기나 사우나를 예로 들었지만 그 외에도 우리가 금기해야 할 사항은 많다고 본다. 내 인생 누가 살아 주는 것도 아니다. 그렇다면 내가 주인공이 되어 내 의지에 따라 주도적으로 한생을 살다 가는 것도 괜찮은 삶이라고 생각된다.

하루를 살아도 치열하게 살자

어찌 보면 인간은 물줄기를 따라 강을 거슬러 올라가는 물고기처럼, 부와 명예 그리고 권력을 거머쥐고 떵떵거리며 잘살아 보겠다고 남들이 달려가니, 나도 덩달아 그 무리를 따라 달려간다는 식의 삶을 살아가는 동물이 아닌가 생각해 본다.

사람은 나면 서울로 보내고 말은 나면 제주도로 보내라는 말이 있다. 그 말엔 인간은 사회적 동물로 혼자 외롭게 사는 것보다는 서로 살을 맞대고 의지하며 함께 살아가야 한다는 전제가 깔려 있다.

그러나 많은 사람들의 틈바구니에서 살다 보면 예기치 못한 일들이 발생하게 되어 있는데, 그 문제를 현명하게 풀어내며 어떤 방식으로 살아가야 할지에 관한 문제는 각자 본인의 몫이라 생각된다. 내 의지와 관계없이 추세를 따르는 인간군상을 뒤따르는 것은, 투망질 한 방에 포획되어 올라오는 물고기의 삶처럼 무의미한 삶이 될 수도 있다.

이 대목에서 나만의 개성 있는 삶을 살기 위해선, 어떻게 살아갈 것인가에 대한 깊은 고민이 필요하다. 내가 왜 이 방향으로 가고 있는지 이유나 알고 가자. 이유를 알기 위해선 치열한 삶 속에서도 자기 성찰의 시간이 필요하다.

하루살이의 일생은 고작 하루고, 매미의 일생은 애벌레 기간을 제외하고 겨우 1~3주 동안 살다 죽고, 여름에 태어난 일벌의 일생은 한두 달 정도다. 오래 살아 십장생에 속하는 거북의 일생은 100~150년을 살기도 하고, 300년을 넘게 장수하는 거북도 있다.

거북이 바라본 하루살이나 매미 그리고 꿀벌의 삶은 일생이라 말할 수도 없는 미미한 짧은 생이지만, 그것들의 삶이 인간의 생태에 영향을 주기에 의미나 동기부여가 충분하다고 본다.

겨우 하루를 살면서도 하루살이의 그칠 줄 모르고 끊임없이 했던 날갯짓이나, 한여름에 짝을 찾기 위해 세상을 향해 처절하게 울어대던 수매미의 처절했던 삶, 그리고 평생 7g의 꿀을 만들고 과로로 더는 날지 못하고 땅에 떨어져 죽는 꿀벌의 치열했던 삶을 거북은 모르겠지만, 인간이라면 반드시 그 의미를 되새겨보고 반면교사로 삼아야 한다고 본다.

사람이 세상에 태어났다 소멸되는 일은 자연의 섭리이며 이치이고 숙명이다. 자연의 섭리나 숙명을 바꿀 수 있는 사람은 아무도 없다.

숙명은 이 세상의 모든 살아 있는 것들에 작용하는 필연의 힘으로, 모두 따를 수밖에 없는 예측 불가능의 절대적인 힘을 말한다. 생명체의 관점에서 보면 불합리하고 불가불의 초논리적 힘인 것이다.

누구도 하루살이로, 거북으로, 꿀벌로 또는 사람으로 태어나는 일을 바꿀 수는 없다. 바꿔 말하면 태어나고 싶어 태어난 게 아니란 뜻이다. 그러나 우리는 다행히도 미물이 아닌 만물의 영장인 사람으로 태어났다. 사람으로 태어났으니 하루살이도 살펴봐야 하고 매미도 거북도 살펴보아야 한다.

조물주의 영역에서 보면 거북이 하루살이를 보듯 미미한 인간의 삶이지만, 적지 않은 세월을 살아가야 하기에 인생을 운명에 전적으로 맡기고 의지하며 살아갈 수는 없다.

지구상에 존재하는 모든 생물生物들의 미래는 불확실하여 아무도 기약해 주지 않으며, 아무도 예측할 수 없는 불가 영역이다. 인간의 미래 역시 예측이 불가능하다. 그래서 인간은 불확실한 미래를 조금이나마 확신에 찬 앞날로 돌려보기 위한 노력을 필요로 하고 있다.

그렇지만 사람의 노력으로도 안 되는 게 미래다.

정의 사회를 구현하기 위해서 불량소년을 훈계하다 봉변을 당하는 경우도 있고, 점심에 친구를 만나 김치찌개를 먹어야겠다고 음식점에 가는 도중 마음이 바뀌어 돼지 불고기를 먹었는데, 그게 잘못되어 배탈이 나 병원 응급실 신세를 질 수도 있다.

또, 친구들 사이가 틀어져 잘 지내 보자고 중재하려다 나도 모르는 사이 감정에 휩쓸려, 의도하지 않은 방향으로 흘러 오히려 친구 관계가 더 소원해지는 일이 벌어질 수도 있다.

장자의 『제물론』 중 「여희의 눈물」 편에 나오는 여희는 '애'라는 지방의 관리의 딸이었는데, 진나라에 처음 잡혀 왔을 때는, 눈물로 옷섶을 적시며 울기만 했다. 그러나 왕의 처소에 이르러, 왕과 함께 침대를 같이 쓰고, 맛있는 고기를 먹게 되자, 처음에 울었던 것을 후회했다. 그러니 죽음에 이른 자가 살기 바랐던 일을 후회할지 내 어찌 알까, 라고 말했다. 이렇듯 사람의 앞길은 전혀 예측 불허의 길로 흘러간다는 것이다. 물론 장자는 삶과 죽음을 다루는 의미로 이 이야기를 했지만 난 그냥 현상황에 맞춰 직설적으로 비유해 보았다.

불확실한 미래를 위해서 우리는 부지런히 움직이며 살지 않으면 안 된다. 그래서 공부도 하고 잘 먹고 잘살기 위해 악착같이 이리 뛰고 저리 뛰며 때론, 돈밖에 모르는 수전노라 욕을 들으면서도 돈을 모으는 것이 아닌가. 그러나 돈이나 명예 그리고 권력을 얻는 것도 좋지만, 불확실한 앞날을 순탄하게 헤쳐 나가기 위해서는 무엇이든 전문가가 되어 보라고 권하고 싶다. 다른 사람을 카운슬링해 주고 돈 버는 것도 좋지만 나 자신을 위한 전문가 말이다. 이 세상엔 전문가도 많다. 부동산, 증권, 재테크, 건강, 노후, 입시 등등. 그러나 누가 전문가란 미명 아래 미래를 예측할 수 있겠는가? 앞날을 예측할 수 있는 사람은 당연히 아무도 없다.

전문가와 상의하지만 최후의 결정은 나로부터 나오고, 그에 따른 결과물의 최종 책임은 카운슬링을 해준 전문가에 있는 것이 아니고 나에게 있는 것이다. 자기 앞날도 예측 못 하는 사람이 다른 사람의 어떤 미래를 예측할 수 있겠는가? 말도 안 되는 소리에 현혹되지 마시라.

오직 믿을 수 있는 전문가는 나 자신뿐이다.

나 자신을 믿을 수 있다는 건 내 마음속에 내공이 그만큼 쌓여 있기에, 나 스스로 믿을 수 있는 경지에 도달한 것이 아닌가 생각해 본다. 그러기 위해선 책을 읽어도 열심히 읽고 그림을 그려도 부지런하게 그리고, 무슨 일을 해도 치열하게 사는 인생을 만들어야 한다.

불교 용어에 성불이란 말이 있다.

성불은 스스로 수도하여 세상의 모든 번뇌를 끊고 해탈하여 부처가 되는 것을 말한다. 인생사를 여기에 대입해 보면, 내가 살아가는 인생은 나 스스로 개척해 나가야 한다는 의미가 아닐까 싶다. 그렇게 살아가려면 인생이 만만치 않아, 헛된 곳에 딴눈 팔 시간이 없을 것이다.

각자도생을 위해 그저 치열하게 살아갈 수밖에.

기회는 준비된 자만이 잡을 수 있다

다니던 직장에서 명퇴 후 좌충우돌해 봤지만 얻어진 것은 영광의 상처뿐이었다. 무식하면 용감하다고 했던가. 그저 할 수 있다는 신념 하나 가지고 전혀 준비도 없이 세상 밖으로 튕겨져 나왔으니 간이 부은 것이지, 무모해도 이렇게 무모한 일이 어디 또 있으랴. 그러니 스스로 알아서 위험을 무릅쓰고 한발 한발 나가야 할 길을 개척해야 하는 그 여정은 얼마나 험난할까?

지금은 그래도 책방에 가 보면 인생의 지침서나, 은퇴 후 어떻게 살아갈 것인가에 대한 고민이 담긴 책들이 많이 있어 다행이지만, 내가 직장에서 명퇴할 그 당시만 해도 그런 책들이 별

로 없었다. '은퇴설계'라든가, '제2의 인생은 어떻게 살아가야 하는가?'에 대한 고민이 필요했는데, 누가 가르쳐 주는 사람도 없고 책도 별로 없으니 암담할 수밖에. 곤충 같으면 더듬이로 더듬어 앞으로 헤쳐 나갈 텐데, 만물의 영장인 사람인 나는 오히려 정작 돌다리를 두드릴 지팡이마저 없는 신세였다. 그래서 생각한 것이 후배들에게 명퇴 후 어떻게 살 것인가를 안내할 책을 펴내야겠다고 생각했다. 나는 세상에 간절히 남기고 싶은 나만의 철학이 있기에 10여 년 동안 거센 세파와 부딪치며 느낀 이야기를 써서 2013년에 책으로 펴냈었다.

내 생각이 활자화되어 세상에 나오자 내가 사는 지방의 모 일간지에 소개되었고, 덕분에 전주 MBC TV에서도 출연 요청이 들어왔다. 나 같은 무명인도 TV에 나갈 수 있다는 생각에 신기해하며 출연하겠노라고 대답했는데, 그것도 잠시 생방송이란다. 갑자기 어깨를 짓누르는 중압감 때문에 며칠을 두고 출연해야 되나 말아야 되나 하며 고민하다, TV에 나간다는 게 내 생애에 몇 번이나 있으랴 싶어 죽이 되든 밥이 되든 그냥 나가 보자고 마음을 굳혀 먹었다.

그러나 난관은 그게 전부가 아니었다. 방송작가가 예상 질문지를 내게 건네주며 대답할 말을 잘 정리해 연습해 보라고 했다. 시험지를 받아 든 학생처럼 열심히 공부하기를 며칠, 아내가 질문하면 내가 답하는 식으로 연습했다. 그런데 어찌 된 영문인지 아내가 질문하면, 내가 미리 외워 둔 대답이 매끄럽게 나오질 않고 자꾸 말문이 막혔다. '시간이 지나면 나아지겠지' 하며 자위했지만 웬일인지 이틀이 지나도 전혀 나아질 기미가 보이지 않았다.

방송에 출연할 날이 되었는데도 좀처럼 나아지질 않으니 아내와 난 초조해지기 시작했고, 급기야 아내는 더듬거리는 나를 놔두고 알아서 하라며 집을 나가 버렸다.

'지금이라도 출연 못 한다고 말해야 하나? 그럼 생방송이라는데 방송은 어떻게 되는 거지?'
머릿속이 복잡하다 못해 혼란스러웠다.
'그래, 부딪쳐 보는 거야. 호랑이에게 물려가도 정신만 똑바로 차리면 산다 했지.'

그동안 연습하느라 외운 답안지는 다 잊어버리고, 그냥 자연스럽게 생각나는 대로 대답하기로 마음먹었다.

방송 잡힌 날이 1월 중순, 강추위가 한창 기승을 부리는 몹시도 추운 날이었다. 그렇지 않아도 긴장되어 오금이 저리는데, 방송국 라운지에 들어서자 에너지를 절감하는 중이라 그런지 실내 온도가 상당히 낮았다. 사시나무 떨듯 몸이 저절로 떨렸다.

'긴장을 풀어야 해. 이러면 안 돼.'

마음속으로 다짐하고 또 다짐하며 방송실에 들어서니, 다행히 그곳은 복도보다 온도가 높아 긴장이 좀 풀렸다. 방송작가가 반갑게 맞이해 주며 편안하게 마음을 가지란다.

분장실에서 화장을 하고 나와 곧바로 리허설이 시작됐다. 카메라 앞에서 두 명의 MC가 질문하고 내가 답하는 식이었다. 그런데 이게 무슨 일인지 MC가 질문하면 내가 막힘없이 척척 대답하는 것이 아닌가. PD와 방송작가가 잘했다고 칭찬하며 이렇게만 하면 된다고 격려해 주었다. 기적 같은 일이 일어난 것이다. 나 스스로도 얼마나 놀랐는지. 그날 생방송을 그렇게 해 피엔딩으로 끝냈다. 난생처음 단독으로 10분 동안 TV 방송에 나가 생방송을 한 것이다.

지방방송이지만 효과는 컸다. 덕분에 책도 예상외로 많이 팔

렸고, 그날 이후 난 스타가 되었다. 거리에 나가면 많은 사람들이 나를 알아보았다. 오랫동안 소식 없던 지인들도 연락이 되어 만나볼 수 있게 되었다. 영국의 낭만파 시인 바이런의 말처럼 나도 자고 나니 유명해졌더라.

준비된 자만이 기회가 왔을 때 그 기회를 잡을 수 있다는 말이 실감 났다. 모든 일을 접함에 있어, 내가 이 일을 해낼 수 있을까 하는 걱정보다는 해낼 수 있다는 자신감을 갖자. 그리고 항상 만반의 준비를 하고 기회가 오기를 기다리자.

노력의 대가는 반드시 얻어진다

도전이란 혈기 넘치는 시절 패기 있는 사람들에게만 필요한 불가분의 단어인 줄 알았다. 항상 내 뇌리엔 인생이란 것은 어려서는 인성교육을 받고, 일가를 이룰 수 있는 식견을 갖게 되는 성인이 되면 사회의 일원으로 동참하여 동시대 사람들과 함께 어울려 세상을 이끌어 나가다, 은퇴 후엔 의사든 공무원이든 아니면 군인이든 정치인이든 하던 일을 후배들에게 물려주고 집에 눌러앉는 것으로 생각했다.

먼 옛날의 이야기지만, 내 나이 쉰두 살에 다니던 직장에서 명예퇴직 후, 마트 일부터 시작하여 족발 배달, 인터넷 쇼핑몰, 학원 등 수십 가지의 직업을 전전했다. 그때 뼈저리게 느꼈던 것은, 무언가 남보다 특별한 재능을 하나쯤 가져야 늘어난 수명만큼이나 길어진 인생의 여정을 헤쳐 나가는 데 도움이 된다는 것이었다.

나이가 들면 여유 시간이 많아진다. 젊었을 땐 힘도 넘쳐 놀고 싶으나 항상 시간이 부족하여 불만이었다. 그런데 그 부족하던 시간이 나이가 들어 힘이 부치니 넘쳐난다. 이 무슨 머피의 법칙이란 말인가?

넘쳐나는 시간을 보내려면 친구가 있어야 하고, 건강이 허락해야 하고, 여윳돈이 있어야 하고, 취미생활을 할 수 있는 장기長技를 한 가지쯤 가지고 있어야 한다. 이 중의 어느 하나라도 부족하면 질 좋은 노후가 되지 못하고 쓸쓸해질 수 있다. 건강이 좋지 않으면 자신은 물론이고 간호를 책임지는 가족까지 힘들게 하니 그 폐해는 여기서 더 거론할 필요도 없다. 여윳돈이 없다면 친구도 피하게 되고 설령 친구를 만나도 추해진다.

취미생활을 할 수 없다면 쇠털같이 늘어난 허구한 나날을 어찌 보낼 것인가? 죽을 날만 기다릴 수도 없고. 그래서 난 노후를 위해 오래전부터 붓글씨를 쓰기 시작했다. 시간을 보내느라 하릴없이 공원에 나가 시간을 허비하느니, 차라리 그 시간에 붓글씨를 쓰는 게 좋겠다는 생각에서였다. 원래 나는 정적인 사람이라 붓글씨 쓰는 일에 매력을 느끼고 있었던 건 사실이다. 그러나 젊은 시절엔 바쁘게 직장 생활을 하느라 잊고 살다 퇴직 후에야 붓을 잡게 된 것이다.

퇴직 후 시간을 보내려고 시작한 서예를 배우며 이것으로 돈을 벌어 밥을 먹고 산다는 생각은 정녕 해 본 적이 없었다. 그러나 배우는 동안 누구보다 열심히 배웠다. 마치 수능을 앞둔 고3생처럼 밤새는 줄 모르고 붓글씨를 썼다. 성격이 외골수인 난 한 가지 일에 몰두하면 다른 것은 보이지 않는다. 그것이 나에게는 장점이자 큰 단점이다.

벌써 옛날이야기가 되어 버렸지만 붓을 잡은 지 3년 만에 한·중·일 3개국을 대상으로 하는 대한민국 서화대상전에 출품한 내 작품(행서, 추사체 창작)이 대상의 영예를 안았다. 대상을 받고 난 후 서예계의 실태를 좀 더 깊이 들여다보며 심한 허탈감에 빠져 잠시 붓을 놓기도 했으나, 내가 좋아하는 붓글씨 쓰기를 멈출 수 없어 계속 쓰다 보니 오늘에 이르렀고, 거기에 덧붙여 한 가지 욕심이 더 생겼던 것이다.

내가 좋아 쓰는 붓글씨지만, 이제는 후배들에게 붓글씨 쓰는 법을 전수하고 싶은 욕심이 그것이다. 그러나 정부에서 관리하든 민간인에게 외주를 주어 위탁 관리를 하든, 그 많은 서예 강좌 프로그램에 내가 뚫고 들어갈 자리는 어느 한 군데도 찾아볼 수가 없었다.

이곳저곳 기웃거리며 노크해 보았지만 이미 서예반이 개설되어 있어 강의하고 계시는 분이 있으니 강제로 밀어낼 수도 없는 일. 공공기관에 출강하며 후배를 양성하는 일은 마치 낙타가 바늘구멍으로 들어가는 일보다 어렵고, 사막에서 꽃을 키우는 일만큼이나 힘든 상황이었다. 그러나 아무리 단단한 철문이라도 두드리면 열리는 게 세상의 이치다. 우연히 한 문화의집과 인연이 되어 서예 강사로 활동하게 되었다. 그러면서 점차 발을 넓혀 이곳저곳에서 여러 해 서예를 가르쳤으나 지금은 다른 일이 많아 그만두었다.

어쨌든 한동안은 서예로 하루하루를 소일하며 보낼 수 있었기에 씨를 뿌리고 가꿔 얻은 열매만큼이나 나에겐 고마운 일이었다. 도전의 즐거움은 바로 이런 것이 아니겠는가. 인문이든 기술이든 평생 쌓아 놓은 노하우를, 나이 탓하며 골방에 스스로 갇혀 후배들에게 전수하지 않고 사장시킨다면, 나라는 사람

을 하나의 성숙한 인격체로 만들어 준 선배이자 스승이 되어
주셨던 그 모든 분들에 대한 예의가 아닐 것 같다.

이제부터라도 골방의 문을 부수고 밖으로 나가 도전하고 쟁
취하자. 한편으론 귀찮고 힘든 일이지만 꿈꾸는 자만이 꿈을
이루고, 씨를 뿌린 자만이 풍성한 열매를 거두어 단맛을 맛보
는 기쁨을 누릴 것이다.

복지관 입문은 빠를수록 좋다

그동안 노인복지관 앞을 수없이 지나치며 간판을 읽어 보았지만, '노인'이란 단어가 내 마음에 쉽게 다가오지 못하고 외돌아 낯설기만 했다. 노인老人의 사전적 의미는 누구나 다 익히 알고 있듯 '나이가 많이 들어 늙은 사람'이란 뜻으로 다시 말해 '늙은이'다. 내 나이 환갑을 넘긴 지 오래되었으니 남들 눈에 나도 나이가 든 게 분명한데, 마음만은 '나는 아직 늙은이가 아니다.'라고 자위하고 싶었다. 아니 솔직하게 말해 늙은이 대열에 끼고 싶지 않은 게 사실이었다.

그래서 저 복지관 안은 나에겐 낯선 땅이었고 선을 넘어서는 안 되는 금지 구역이었으며, 그 안을 드나드는 사람은 나와 전혀 상관없는 이방의 사람들이며, 생산적인 일에 일조하기보다는 하루하루의 안락을 중시하는 활기 없는 쉼터라는 것. 그것이 지금까지 내가 곁에서 바라본 노인복지관의 전부였다. 그저 먼 훗날 내 나이 팔십이 훌쩍 넘었을 때, 왠지 찜찜하지만 한 번쯤 들러볼 수 있지 않을까 하는 신비스러운 성역이라는 생각도 해 왔다. 그것이 내 마음 한편에 석고상처럼 굳어져 버려 깨려야 깰 수 없는 노인복지관에 대한 선입견이었다. 그러나 노인복지관 안에 있는 도서관을 출입하다 보니 그런 편견이 얼마나 어리석었는지를 깨닫게 되었다.

내가 이용하는 덕진노인복지관은 우리가 사는 세상의 축소판이다. 그곳에서 우리가 누릴 수 있는 혜택은 생각 외로 많다. 장기와 바둑은 기본이고, 당구도 4구와 포켓볼 게임이 가능하고, 노래방에서 목청 높여 노래를 부르며 스트레스를 날려가며 가수가 되는 꿈도 키워 볼 수 있다. 별도로 마련된 컴퓨터를 이용한 온라인 게임도 가능하고, 사이버상에서 필요한 정보를 얻기 위해 인터넷 서핑을 할 수 있는 공간도 마련돼 있다.

운동하고 싶으면 체력단련실에 설치된 헬스기구를 이용할 수도 있고, 탁구나 스포츠 댄스, 요가도 가능하다. 난타나 건강

체조, 치매 예방 운동에도 참여 가능하다. 취미생활도 할 수 있다. 서예를 하고, 문인화를 그리고, 도서관엔 많은 양의 책들이 비치되어 있어 언제든 독서를 할 수 있다.

또 취미와 봉사를 병행할 수도 있는데, 방송 일에 관심이 있는 사람은 덕진노인방송국에서 MC나 엔지니어로 일할 수 있고, 노래를 좋아한다면 합창단에 들어가 노래를 부르고 공연도 다닐 수 있다. 글 쓰는 게 취미인 사람이라면 수필창작반에 들어가 수필 쓰는 법을 배워 수필반에서 만든 문학지에 자신의 글을 실을 수도 있고, 매월 발행되는 복지관 소식지의 기자가 되거나 편집 일에 참여함으로써 성취감도 느낄 수 있다. 식당에서 음식을 만들고 배식하는 봉사를 하는 것도 괜찮은 일이다. 공부하고 싶은 사람은 인터넷과 컴퓨터나 스마트폰 활용법은 물론 워드나 동영상 편집 교육도 받을 수 있으며, 영어나 중국어, 한자 등을 배울 수 있다.

어르신들이 활기차고 건강한 노후 생활을 영위할 수 있도록, 다양한 일자리·사회활동을 지원하여 노인복지 향상에 기여하기 위한 일환으로 노인 일자리나 재능기부를 하는 일에도 참여가 가능하다(참여자의 신분에 따라 약간 제약은 있다). 고민이 있다면 상담도 받을 수 있다. 변화하는 사회에 기능적으로 대처할 수 있도록 상담기법을 활용하여 정서·심리적 문제 해결에 도움을 주고자 하는 데 목적을 두고 심리문제, 가족관계, 건강문제, 법률문제를 상담하고 있다.

그 외에 많은 사업을 하고 있지만 일일이 여기에 열거할 수 없어 아쉽다. 퇴직 후에도 내 능력을 마음껏 발산하고 또 부족한 것은 배워 채울 수 있는데, 이제 겨우 나이 칠십도 안 된 새파란 나이에 늙은이들만 우글대는 복지관에서 뭘 배울 게 있느냐며, 혀를 끌끌 차는 친구들을 보면 마음이 답답할 뿐이다.

나이가 들면 병원이나 복지관 그리고 마트가 지척인 곳에 살라는 말이 있다. 여름엔 시원하고 겨울엔 따스한 복지관. 2천5백 원이면 점심 한 끼 해결이 가능한데, 어르신들이 여름엔 덥고 겨울엔 추위와 싸워야 하는 공원에 나가 바둑과 장기 훈수를 하거나, 내기 윷판을 기웃거리며 하루를 무의미하게 보내는 것을 보면 참 답답한 마음이 든다.

현재 우리나라는 복지 혜택을 받을 수 있는 65세 이상을 노인으로 여긴다. 그러나 60세 이상이면 누구나 노인복지관의 회원이 되어 복지관에서 제공하는 혜택을 받을 수 있다. 남편이 복지관 회원이면 아내는 나이의 많고 적음을 불문하고 자동으로 복지관에 회원으로 등록할 수 있는 권한이 있다.

이제부터라도 복지관을 가까이해 새로운 친구도 사귀고, 마음도 살찌우고 몸도 건강하게 살았으면 한다.

덕진노인방송국에서 찾은 행복

DSB덕진노인방송국은 2010년 4월 개국한 덕진노인복지관 방송국이다. 나는 이곳에서 2016년부터 방송 봉사를 시작했다. 복지관에 입문한 지 얼마 안 되었을 때였다. 그곳에서 여러 가지 프로그램을 만나 뭔가 배울 수 있는 기회가 많이 있지만, 나는 우선 봉사활동을 하고 싶은 생각이 들었다. 그래서 복지관 직원들에게 내가 할 수 있는 봉사활동은 무엇이 있는지 물었더니 방송 봉사를 해 보라고 추천해 주었다. 이 일이 얼마나 힘든 일인지 앞뒤 따져 볼 겨를도 없이, 방송과 관계되는 일을 새로 접할 수 있다는 데 매력을 느껴 일단 승낙부터 했다.

방송 봉사를 하려면 복지관에서 정해 놓은 시간 동안, 방송 전반에 대한 소양교육을 먼저 받아야 방송 봉사를 할 자격이 주어진다. 복지관 주관으로 전주영상미디어센터에서 지원 나온 강사들에게 라디오 방송 전반에 대한 교육을 받고, 또 별도로 방송 장비를 다루는 일과, 방송을 녹음하고 편집하여 방송을 송출하고, 방송이 끝나면 방송요원들이 진행한 녹음 파일을 동영상으로 변환하여, 덕진노인방송국 카페와 팟빵에 올리는 엔지니어 교육도 받았다.

다른 봉사자들은 주어진 프로그램의 방송 진행만 하면 되는데 비해, 나는 진행자 겸 엔지니어 일까지 하게 되었다. 프로그램 진행자는 원고를 작성하여 한 달에 한두 번 정도 방송 날짜에 맞춰 녹음에 참여하면 끝이지만, 나는 방송 전반을 관여하는 엔지니어 일까지 하다 보니, 매일같이 오전 시간은 이 일에 매달리는 신세가 되었다.

현재 1기부터 9기까지 교육을 마친 방송요원들이 방송 봉사를 하고 있고, 내년부터 방송 봉사활동을 할 10기 교육이 진행 중이다. 방송요원들의 면면을 보면 전직도 다양하고 그에 따른 개성 또한 다양하다. 그러기에 그들이 펼쳐가는 다양성의 프로그램엔 각양각색의 특성이 있다. 방송국원 모두 퇴직 전엔 방송 일이라곤 접해본 적이 없는 사람들이다. 그럼에도 이 일을 시작하게 된 배경이라면, 방송에 관한 일을 해 보고 싶다는 평소의 막연한 동경이 아니었을까. 나 역시 그렇다.

초창기엔 방송 장비와 컴퓨터를 다루는 데 익숙지 않아, 복지관에서 근무하던 공익요원들의 손을 빌려 방송을 내보내기도 했지만, 몇 년 전부터는 연세가 70 넘은 어르신들이 직접 방송 장비를 다루고 있다.

하루 방송 일정은 엔지니어들이 아침에 출근하여 다음 날 방송될 프로그램 녹음과 편집을 하고, 또 복지관 소식의 원고 작성과 더불어 녹음 및 편집을 한다. 그리고 음악을 선곡하고 오늘 방송될 순서를 편성하여 방송 시간에 맞춰 방송을 송출하면 된다. 이 일이 월요일부터 금요일까지 반복된다. 방송은 주말을 제외한 매일 오전 11시 30분부터 오후 1시까지 진행한다. 약 1시간 정도는 음악방송이고 30분 정도가 방송요원들이 제작 진행하는 본방송이다.

최고령 84세부터 막내 65세까지 봉사를 하고 있다. 각자 맡은 프로그램은 현직에 있을 때의 전공을 살려 하는 사람도 있고, 은퇴 후 취미를 살려 진행하는 사람도 있다. 공익에 저해되지만 않는다면 본인이 원하는 방향으로 진행하면 된다.

매달 다음 달 방송을 위해 정기적으로 월례회를 진행하며 부족한 점을 보완한다. 일 년에 두 번 야외에서 워크숍도 진행하여 봉사자들 상호 간에 방송에 관한 정보도 교환하고 우정을 다진다. 또 연말이면 방송국원이 모두 모여 송년회 겸 장기자랑을 하는데, 노래, 춤, 시낭송 등 각자의 끼를 마음껏 발산하며 한 해의 회포를 풀기도 한다.

방송 봉사는 김장을 하는 일이나 도시락과 연탄을 배달하는 등 몸으로 때워야 하는 힘든 일은 아니기에, 나이 들었다 해서 못 하겠다고 뒤로 물러설 그런 일은 아니다. 남을 위해 봉사해 보겠다는 의지만 있으면 얼마든지 할 수 있는 일이다.

원고 쓰는 일이 좀 힘들긴 하지만, 내가 쓴 글을 많은 사람들이 들어주는 데 보람을 느낀다면, 이 일을 바탕으로 재도약할 수 있는 기회도 있을 것이다. 백발에 방송 장비와 컴퓨터를 자유자재로 다룰 수 있다는 건 치매 예방에도 큰 도움이 될 것이다. 봉사는 상대를 배려하기 위한 행동이지만, 오히려 나에게 더 큰 도움이 되는 일임이 분명하다.

TV 방송국과 인연을 맺다

무료하여 TV 채널을 이리저리 돌리다 우연히 KTV(국가정책방송)에서 국민기자(리포터)를 모집한다는 광고를 보게 되었다. 내가 평소 호감을 가지고 있던 매스컴에 관한 일을 한다는 데 매력을 느껴, 바로 응모하기로 마음을 정했다. 그곳에선 어떤 일을 하는지, 또 그 일을 해낼 수 있는 능력은 내게 있기나 한지 따져볼 겨를도 없이 무모한 도전을 시도한 것이다. 전형은 1, 2차로 나뉘어 있었는데, 나는 1차 서류전형 합격 후 2차 면접(실기 포함)도 당당히 통과, 3:1의 경쟁률을 뚫고 최종 합격을 하였다. 그때가 내 나이 64세 때였다.

합격 후 회사에서 진행하는 방송에 관한 소양교육 즉, 기사

작성, 연출, 카메라 촬영기술, 스피치 등등 기본교육도 이수하였지만, 국민기자로 활동하기 위해선 넘어야 할 산이 너무 많았다. 모든 일들이 다 내겐 낯설기만 한 일들이었다.

먼저 갖추어야 할 장비가 문제였다. 국민기자는 프리랜서 형식이다. 그러다 보니 각자에 필요한 동영상 촬영을 위한 장비(캠코더와 그에 관련된 액세서리)는 본인이 갖추든지 아니면 가까운 시민미디어센터에서 임대를 하든지 해야 한다. 그러나 어차피 이 일을 하려 마음먹었다면 임대보다는 장비를 직접 갖춰야 활동하기 편하다.

기존에 이미 장비를 갖추고 있는 사람은 별문제가 없지만, 새로 구입해야 하는 사람은 목돈이 들어가기 마련이어서 부담이 크다. 캠코더는 새로운 제품일수록 기능이 많고 화질도 좋다. 또한 크기도 작아 사용하기에 편리한 장점도 있다. 팁으로 도청 소재지 정도에는 국민기자들이 많이 있으므로 혹시, 같은 지역에 영상 촬영 장비를 갖추고 있는 국민기자가 있는 경우는, 그 사람과 2인 1조가 되어 취재와 영상 촬영을 합동으로 하면 되므로, 목돈 들여 장비를 구입하지 않고도 기자 활동이 가능하다.

두 번째는 영상 편집을 할 수 있어야 한다. 회사에서도 영상 편집 교육을 수시로 실시하지만 그것으론 시간이 턱없이 부족하다. 그래서 개별적으로 알아서 편집하는 기술을 익혀야 한다. 참고로 나는 전주시민미디어센터에서 실시하는 동영상 편집(Premiere Pro CS5) 교육을 이수하였다.

나이 60대 중반에 교육을 받는다는 것은 쉬운 일이 아니다. 더구나 동영상 편집 기술을 배운다는 것은 힘든 일을 넘어 고통에 가까웠다. 교육은 초저녁 시간대였는데, 자고 일어나 아침에 실습을 해 보려면 기억이 가물가물했다. 자꾸 반복하다 보니 이제는 어느 정도 프로그램 사용에 능숙해졌지만, 아직도 부족한 점이 많다. 동영상 촬영 장비를 갖추고 동영상 편집 기술을 다 배우면, 기자 생활을 할 수 있는 조건을 반은 갖췄다고 볼 수 있다.

이제 취잿거리를 찾아야 한다. 방송에 나가기 적합한 소재를 찾은 일은 본인의 역량이다. 스토리가 있으나 다른 언론사에 노출이 안 된 소재면 당연히 OK. 그러나 가장 어려운 것이 방송을 만들기 위한 소재를 찾는 일이다. 나는 신문과 페이스북을 가장 많이 활용하고 인맥을 통해 정보를 얻기도 한다.

내가 처음으로 방송국에 입문하고 만든 작품이 국보 11호인

익산 미륵사지 석탑의 복원에 관한 내용이었다. 2017년 3월 2일 제작에 들어가 6월 5일에야 최종 데스킹이 되었고 6월 21일에야 방송되었으니 제작 기간이 3개월 넘게 걸렸다. 3분짜리 방송을 만들면서 제작 기간이 그렇게 긴 이유는 첫 작품이었기 때문이었다. 나는 혼자서 국민기자 일을 하고 있기 때문에, 1인 미디어 제작자라고 보면 맞을 것이다. 작품을 전혀 만들어 보지 않은 사람이 혼자 1인 3역을 하며 작품을 만들다 보니, 말 그대로 무에서 유를 창조하는 일인데 그리 쉽겠나.

3월에 촬영했던 영상은 그동안 계절이 봄에서 초여름으로 바뀌어 재촬영하였고, 인터뷰도 그리고 클로징 멘트도 영 시원치 않았다. 첫술에 배부를 리 없지만 많은 시청자들이 눈과 귀로 확인한다. 내가 살아남기 위해서는 영상물의 질을 높여 시청자들의 만족도를 높여야 한다. 혼자 애를 태우며 중도에 몇 번이나 포기할까 생각했으나 오기가 생겼다. 잘해 보겠다고 비싼 캠코더까지 장만했는데, 여기서 물러나면 수입도 없는 주제에 금전적 손실이 크니, 아내나 아이들 보기에도 민망할 것 같았다. 이번 고비만 잘 넘기면 될 것 같은데, 안 되는 건 결국 안 되더라.

오죽하면 KTV 본사 데스크에서 세종시에 거주하며 베테랑 주부기자로 활약이 대단하신 장진아 기자님을 서포트하라고 내게 보내 주셨다. 천군만마를 얻은 것보다 더 힘이 되었다. 경륜이 묻어나는 장 기자님의 포스는 이 일을 즐기지 않으면 나올 수 없는 농익음 그 자체였다. 장 기자님의 도움을 받아 일사천리로 작품을 잘 마무리할 수 있었다. 내 첫 작품이 방송되던 날 드디어 해냈다는 성취감으로 얼마나 가슴 벅차던지, 내 생애 몇 번째 안 되는 기쁨을 맛보는 것 같은 느낌이 들었다. 그동안 작품을 만드느라 눈물겹도록 힘들었던 생각이 한순간에 눈 녹듯이 사라졌다.

이 일을 시작한 지가 엊그제 같은데 벌써 리포터 생활 3년째다. 전주는 '한옥마을'이나 '국제발효식품엑스포' 등에 외국인 관광객들이 많이 찾아와 외국인들과 인터뷰를 해야 하는 경우가 많은데, 내 짧은 영어 실력 때문에 힘이 부치기도 하다. 젊은 시절에 생활 영어 정도는 듣고 말할 수 있는 실력을 쌓아 놓은 것이 그나마 큰 도움이 되고 있다.

하지만 아직도 부족한 점이 많아 오래전에 놓았던 영어 회화 공부를 나이 들어 다시 하고 있는 중이다. 요즘은 스마트폰에 번역기 앱을 깔아 필요한 경우엔 인터뷰 나가기 전 미리 연습하고 현장에 임한다.

나를 가장 자신감 있는 노년의 삶으로 이끈 방송국에서 인생

2막을 함께하는 일은 행운이요, 행복이다.

라만차의 기사 돈키호테는 풍차를 향해 돌진했다. 그는 풍차를 괴물로 착각해 창을 겨누었다.

풍차를 향해 돌진하는 돈키호테는 헛되고 무모한 싸움의 상징이다. 그러나 나는 무모한 돈키호테를 사랑한다. 왜인가? 무모하든 무모하지 않든 돈키호테는 은퇴한 내게 아직도 도전을 꿈꾸게 만들기 때문이다.

신문과 함께하는 길

TV 방송국에서 리포터 활동을 하다 보니 항상 리포트에 필요한 아이템을 찾는 일로 골머리가 아프다. 그래서 나는 우리 지역의 TV와 라디오 그리고 신문을 즐겨 보며 그곳에서 취잿거리를 찾게 된다. 물론 페이스북이나 트위터 등 SNS상에서 아이템을 얻기도 하지만 주는 지역 언론이다. 그러니 하루도 거르지 않고 TV 뉴스와 시청자 게시판 그리고 여러 지역신문의 지면을 빠짐없이 훑어보는 게 일상이 되었다.

지난 3월 어느 날, 그날도 빠짐없이 신문을 읽고 있는데 그중 전북도민일보에서 도민기자를 모집한다는 기사를 접하게 되었다.

글 쓰는 게 취미인 내게 꼭 맞아 충분히 수행할 수 있는 일거리일 것 같아, 바로 모집에 응했는데 얼마 후 합격 통보를 받고 제12기 전북도민일보 도민기자로 활동하게 되었다.

활동 기간은 4월부터 11월 15일까지 약 8개월이다. 한국언론진흥재단의 지역신문발전위원회가 전북도민일보를 우선지원대상 신문사로 선정함에 따라 '지역민참여 보도지원사업' 목적으로 전북도민일보는 '제12기 도민기자'를 뽑은 것이다.

신문사에서 내게 주어진 지면은 일주일에 한 건 이상이다. 정식 기자도 아닌 내가 일주일에 한 건의 기사를 쓴다는 건 쉽지 않은 일이다. 정식 기자들처럼 데스크에 앉아 보내오는 보도자료에 의지할 수도 없고, 무조건 발로 뛰며 기삿거리를 찾아야 하는 일이기에 벅찬 건 사실이다. 물론 기사를 안 써도 문제는 없다. 다른 도민기자들도 있기 때문이다. 그러나 내 능력을 십분 발휘할 수 있는 천재일우의 기회를 발로 걷어찰 이유는 없지 않은가.

그동안은 주변에서 일어나는 소소한 일에 신경을 쓸 겨를도 없었고, 더구나 그걸 이슈화해 글로 옮겨 보려는 여유도 없었다. 그러나 도민기자가 되고 나서부터 내 눈은 매의 눈으로 변했다. 항상 취잿거리가 없는지 주위를 살피게 되었고 소소한 일상 속에서 무언가 꼬투리를 찾아내려는 시도가 계속되었다. 관찰력이 생기니 내가 걷던 길이 기삿거리요, 내가 보는 것이 곧 기사였다. 다시 말해 내가 걷던 호수의 주변 길이 기사요, 내가 보는 비문에 문제가 있어 기사화되었다.

비록 짧은 기간이지만 이 사회의 일원으로서 공익을 위해 글을 쓰고, 많지 않은 돈이지만 원고료를 지급받으며 활동하는 일은 돈의 가치에 비해 가성비가 엄청 높은 일이 아닌가 생각해 본다. 그동안 한 번도 겪어 보지 못한 아니 겪어 볼 수도 없었던 도민기자를 체험하며 일반인이 아닌 기자라는 삶을 통해 사회적 책무를 다한다는 게, 얼마나 뿌듯한 일인가 싶어 더 많은 활약을 해야겠다고 생각했다.

그래서 그동안 오마이뉴스의 시민기자로 또 도민기자로서의 경험을 바탕으로 내 주변을 돌아보기로 하고, 지난 5월엔 내가 살고 있는 덕진동마을신문에서도 사무국장 겸 기자로 참여, 마을신문의 살림을 도맡아 하고 기사도 쓰는 기자가 되었다.

마을신문에 참여하니 이제야 마을공동체가 보이고, 마을을 위해 힘쓰고 있는 사람들이 눈에 보인다. 그동안 같은 아파트에 사는 사람들과 소통하려 노력은 했으나, 좀 더 나아가 동민들과는 소통할 수 있는 방법이 쉽지 않았다. 그러나 이제 마을신문 기자가 되고 나니 그런 염려가 사라졌다. 언제나 사람들에게 말을 걸며 반갑게 인사할 수 있게 되었고, 지역공동체의 발전을 위해 애쓰며 음지에서 활동하는 많은 사람들의 모습이 눈에 들어왔다.

그동안은 주위의 애환을 여러 사람을 거쳐 바람결에 들을 수 있었지만, 이제는 직접 서로 손을 맞잡고, 얼굴을 맞대고 이야기 나눌 수 있게 되었다. 당연히 발도 넓어져 동네 사람들과의 대인관계도 그전보다 훨씬 원활해졌다.

군중 속에 홀로 외롭게 살아온 나려니 생각했는데, 이젠 여러 이웃들과 함께 어우렁더우렁 살아가고 있다. 이 얼마나 행복한 일인가.

영화를 찍는다고

언젠가는 내 손으로 직접 쓴 시나리오로 꼭 영화를 제작해 봐야겠다는 생각에 젖어 있었지만, 시나리오 쓰는 교육을 수강하기란 쉽지 않아 항상 가슴속에 담고 있었다. 그런데 어느 날 전주시민미디어센터(영시미)에서 여성영화워크숍 수강생을 모집하기에, 기회는 이때다 싶어 참가 신청을 하게 되었다.

총 7명이 참여하여 영화제작을 시도하게 되었는데, 과연 이 사람들이 영화를 만들어 낼 수 있는 역량이 있을까 하는 의문이 들 정도로, 강사를 제외한 모든 사람들이 영화제작에 전혀 경험이 없는 무경험자들이었다.

일주일에 두 번씩 밤늦게까지 하는 교육이라 힘도 들었지만, 새로운 일에 도전한다는 생각에 스트레스보다는 젊은 사람들과 함께하는 생활에 초점을 맞추다 보니 오히려 즐거움이 더 컸다. 시간이 흘러감에 따라 주제가 정해지고 실타래처럼 엉켜 좀처럼 풀려나오지 않을 것 같던 시나리오가 차츰 잘 다듬어져, 깊은 산속 옹달샘에서 흘러나오는 샘물처럼 맑고 깨끗한 줄거리로 탄생되었다.

이제 시나리오도 나오고 감독, PD, 촬영 등 각자 맡을 역할도 나누어졌다. 나는 배우 겸 촬영감독을 맡게 되었다. 영화제작 시 필요한 것들이 한두 가지가 아니지만 가장 큰 문제는, 주연배우를 섭외하는 일과 촬영 장소의 협찬 그리고 촬영에 필요한 장비들을 갖추는 일이었다. 영화제작에 필요한 각종 장비와 그 부수적인 것들은 주최 측인 전주영시미에서 지원해 주기에 별문제가 안 되었지만, 주연배우 섭외와 촬영 장소의 협찬이 문제였다. 다행히 주연배우는 배우 활동에 취미가 있어 몇 편의 독립영화에 출연하며 취미로 활동하고 있는 아마추어 남녀 배우를 알음알음 물색해 섭외했다. 그러나 장소 협찬이 문제였다.

이 영화는 사교춤을 추는 장면이 있어 콜라텍 안에서 촬영해야 하는데, 문제는 콜라텍 사장들이 영업에 지장이 있다며 콜라텍 안에서 촬영하는 것을 기피하는 바람에 큰 난관에 봉착한 것이다. 이가 없으면 잇몸이라고 그래서 묘안을 짜낸 것이 콜라텍 안과 비슷한 분위기를 내는 노래방에서 촬영하게 되었다.

폭염을 뚫고 이틀 연속 야외에서 촬영을 강행해야만 했는데 다행인 것은 남녀 주인공이 아마추어임에도 불구하고, 표정 연기 등 디테일한 데까지 NG 없이 연기를 썩 잘해 주었다는 점이다.

우리가 만든 영화의 제목은 '추자'다. 상영 시간이 총 15분인 '추자'는 제13회 전북여성인권영화제에서 폐막작으로 상영되는 영광을 안았다. 이 영화의 줄거리는 원치 않는 귀농을 한 부인의 일탈을 통해, 부부간에 소통의 중요성을 강조하는 내용이다. 귀농 후 남편은 일도 안 하고 한량 생활을 하는 데 비해, 허구한 날 일 구덩이에 빠져 있는 부인은 스트레스를 풀려고 콜라텍으로 춤을 추러 다닌다. 어느 날 남편은 춤을 추러 가는 부인을 콜라텍까지 쫓아가 그곳에서 아내와 실랑이가 벌어지지만, 결국 아내를 이해하고 현실을 받아들인다는 내용이다.

영화가 끝난 후 주연배우와 스태프들은 영화관을 가득 메운 관객들과 대화를 나누었다. 주제 선정 배경이나, 성 평등에 관한 이야기, 주연배우 캐스팅은 어떻게 이루어졌는지 또, 촬영 당시의 에피소드 등 많은 주제를 가지고 극장에서 제공된 시간을 훌쩍 넘기면서까지 진지한 토론을 했다.

인생 뭐 별거냐, 욕 안 먹고 사는 게 인생이란 말도 있지만 난 이렇게 이야기하고 싶다. "인생이란 게 뭐 별거 있나, 해볼 것 다 해보고 죽는 게 인생이지."라고. 새로운 젊은 친구들과 의기투합하여 영화를 제작했다는 이 믿기지 않는 결과에 나는 감사하며, 이 시간 이후 또 하나의 도전을 꿈꾸게 되었다.

즐기면 길이 보인다

꽃을 보면 저절로 감탄사가 터져 나오고 음악을 들으면 신명이 나, 저절로 흥겨운 기분이 되어 몸을 흔들며 춤을 추게 된다. 신명이 난다는 것은 말 그대로 아주 유쾌해서 저절로 일어나는 흥과 멋을 말한다. 판소리하는 사람들은 완창을 하려면 많은 시간이 소요되는데, 신명이 나지 않는다면 완창이 가능할까?

공부에서부터 일까지 이 세상을 살아가면서 만나는 모든 것들을 놀이처럼 즐기며 해 보면 어떨까. 연습은 실전처럼 실전은 연습처럼 하란 말이 있다. 그렇다면 인생 후반부는 연습처럼 놀이 삼아 즐기며 살아가면 어떨까.

우리는 어렸을 때부터 놀이 문화에 익숙해 있다. 누가 놀라고 시키지 않아도 방과 후엔 놀이에 푹 빠져 들로 산으로 다니며 팽이를 치고 연을 날리고, 얼음 위에서 썰매를 지치다 땅거미가 지고 어두워져서야 집으로 돌아왔던 생각이 난다. 아마 그 놀이를 일이라고 생각했으면 절대 그렇게 밤늦게까지 하지 않았을 것이다. 놀이에 신명이 났기 때문에 몇 시간을 놀고 나서도 더 놀고 싶어, 친구들과의 헤어짐이 항상 아쉬움으로 남는 게 아니겠는가.

생각해 보라. 어렸을 적 놀이에 빠졌을 땐 그저 그 놀이에 혼신을 다하고 무아지경에 쉽게 빠졌지 않았던가. 숙제를 안 하면 다음 날 선생님께 꾸중을 듣고 벌을 받게 되어 있음에도 불구하고, 우리에게 내일은 없다는 식으로 오로지 숙제도 공부도 다 잊고 놀이에 몰입하며 즐겁고 유쾌하게 놀았다.

공자도 "무엇을 아는 것은 좋아하는 것만 못하고, 좋아하는 것은 즐기는 것만 못하다知之者 不如 好之者 好之者 不如 樂之者."라고 말하지 않았는가. 놀이는 즐거움이다. 즐겁다는 것은 신명이 났다는 것이며, 신명이 났다는 것은 그 일에 몰입해 있다는 이야기고 몰입은 모든 일에 성과를 배가시킨다.

우리나라 어느 도시나 마찬가지겠지만, 요즘은 집 가까운 곳에 문화센터나 복지관이 있어 사람들이 이용하기에 편리하다. 그곳에 찾아가 내가 그동안 해 보고 싶었으나 시간이 허락지 않아 하지 못했던, 간절함이 있었던 것들을 적극적으로 참여해 배우고 즐겨 보자. 즐겁게 배웠다는 건 그만큼 실력이 수준급 이상으로 높아졌다는 이야기이므로, 그 일이 당신의 제2의 직업이 되고 인생도 새롭게 바뀔 수 있다.

나는 주위에서 많은 사람들이 문화센터나 평생교육원에서 배운 기술로 강의까지 맡아 후배들을 양성하는 사람들을 자주 만난다. 특히 전업주부에서 커리어 우먼이 된 사람들을 만나 보면 생활에 활력을 느끼고 자신감이 넘쳐난다. 그리고 그동안 집 안에 틀어박혀 허송세월한 것에 대해 후회한다며, 전업주부들에게 집 밖으로 나올 것을 권유한다.

나 역시 그런 케이스다. 젊은 시절부터 서예를 하고 싶었으나 바쁜 직장 생활 때문에 붓을 잡을 엄두를 못 내다 퇴직 후에야 붓글씨 쓰기를 시작했다. 그 당시 어떤 이들은 컴퓨터의 등장으로 서예는 이제 한물갔다며, 붓글씨는 쓰면 쓸수록 그만큼 시간을 죽이는 일이므로 그 시간을 생산적인 일에 투자하라며 만류했지만, 나는 그저 붓글씨 쓰는 게 즐거워 그 일에 몰입하게 되었다.

그 결과 지역의 모 복지관에서 한때 서예를 지도하기도 했다. 또 한자 공부가 즐거워 한자진흥원에서 실시하는 교육을 받고 한자지도사 자격증도 취득하여, 서예·한문학원을 직접 운영하기도 했고 복지관과 지역아동센터에서 수년 동안 한자 강의도 했다. 남을 가르친다는 것은 나에게도 한 단계 성장하게 되는 계기가 된다. 남을 가르치는 일은 내 공부도 되기 때문이다.

취미 생활이든 배움이든 모든 일을 할 때 놀이하듯 즐기며 하자. 즐긴다는 것은 그 일에 몰입할 수 있고 몰입했다는 것은 성공할 확률이 높다. 나이 든 우리에게 지금 성공이란 단어는 의미가 별로 없다. 그러나 우리에겐 즐기는 일로 약간의 용돈 벌이와 시간을 보낼 수 있다면 그것으로 대만족이다.

시간 때우기로 또는 자의가 아닌 남들이 좋다고 권유해서 따라하려면, 무슨 일이든지 시간 낭비이므로 안 하느니만 못하다. 꼭, 즐기며 할 수 있는 일을 찾아 제2의 인생을 멋지게 장식했으면 하는 바람이다.

배움엔 끝이 없다

소년이로학난성   少年易老學難成

일촌광음불가경   一寸光陰不可輕

미각지당춘초몽   未覺池塘春草夢

계전오엽이추성   階前梧葉已秋聲

소년은 늙기 쉽고, 학문은 이루기 어려우나니

한순간이라도 가벼이 해서는 아니 된다.

연못가의 봄풀은 꿈에서 깨지 않았는데

섬돌 앞 오동나무는 벌써 가을을 알리는구나.

물위금일불학이유내일   勿謂今日不學而有來日

물위금년불학이유내년 　　　　勿謂今年不學而有來年

일월서의불아연 　　　　　　　日月逝矣不我延

오호노의시수지건 　　　　　嗚呼老矣是誰之愆

오늘 배우지 않고 내일 있다 하지 말고

금년에 배우지 않고 내년 있다 하지 마라.

세월 흘러가 나를 연장해주지 아니하나니

아! 늙었구나, 이것이 누구의 잘못인가.

　위 두 글 모두 중국 송나라 때 유학을 집대성하고 체계화하여 주자학(성리학)을 완성한 주자(주희)의 권학을 위한 글이다. 공자는 "공부에 분발하면 먹는 것도 잊고, 즐거워서 시름도 잊으며, 늙음에 이르는 것도 알지 못한다發憤忘食, 樂以忘憂, 不知老之將至云爾."고 말했다.

　『율곡전서』의 「자경문自警文」에 보면 "공부는 늦춰서도 안 되고 성급하게 해서도 안 되며 죽은 뒤에야 끝나는 것이다."라는 말이 있고, 『격몽요결擊蒙要訣』의 서문序文에는 "학문을 하지 않은 사람은 마음이 막히고 식견이 어둡게 마련이다. 따라서 사람은 반드시 글을 읽고 이치를 궁리해서 자신이 마땅히 가야 할 길을 밝혀야 한다. 그런 뒤에야 조예가 깊어지고 행동도 올바르게 된다."라고 주장했다. 「자경문」과 『격몽요결』은 율곡 이이가 썼다. 자경문은 스스로를 경계하는 글이고, 격몽요결은 학문을 시작하는 이들에게 당부하기 위해 편찬한 책이다.

은퇴 후 하는 공부는 실용적인 면보다는 자아 성취에 초점을 맞추면 된다고 본다. 학창 시절에 하는 공부처럼 밤새워 입시나 취업을 위해 머리 싸매고 하는 거창한 공부가 아니라, 남는 시간에 소일하며 지식을 쌓고 그걸 바탕으로 행동하면 되는 것이다. 책 읽다 눈이 피곤하면 쉬고, 몸이 힘들면 친구를 만나 이야기꽃 피우면 되는 것이지, 이런저런 핑계로 책을 손에서 아주 놓지는 말자.

율곡 이이의 말처럼 죽을 때까지 열심히 공부하며 나의 무지몽매함을 깨우치고, 배우고 익힌 것을 사회에 환원하는 것이 옳다고 본다. 그렇게 함으로써 공자의 말처럼 늙는 것도 알지 못하게 되니 얼마나 좋은 일인가. 나이 드신 분들에게는 공부가 보약이다.

정규 코스가 아닌 사회생활 그것도 은퇴 후의 배움에는 세 가지 방법이 있다.

첫째는 직접 강연이나 기관에서 진행하는 프로그램에 참여해 하는 공부가 있다. 예를 들면 그 분야에 조예가 밝은 명사들이 도서관이나 박물관, 또는 복지관 등에서 시민을 대상으로 진행하는 '인문학 강의' 같은 교육이 그것이다.

둘째는 책을 통한 간접 교육이다.

셋째는 내가 학문을 가르치며 배우는 교육이다. 내게 현역 시절에 쌓아 놓은 기술과 노하우가 있다면, 그것을 매개로 기회를 찾아 기관의 프로그램을 직접 진행하는 강사가 되어 보자. 내가 남을 가르친다는 것은 그만큼 강의를 준비하기 위해 자료를 모아, 많은 공부를 해야 하기 때문에 나에게도 공부가 되는 건 당연하다.

그러나 나이 들어 공부하는 데 있어 가장 중요한 것은 자기중심적인 생각이나 좁은 소견에 사로잡힌 아집을 버리는 일이 먼저고, 그다음이 고정관념의 탈피와 창의성이라고 생각한다. 북학파의 좌장 연암 박지원이 쓴 글을 읽어 보자.

아! 저 까마귀를 보라. 깃털이 그보다 더 검은 것이 없다. 그러다 홀연 황금 같은 기름이 감도는 빛으로 무리지고, 다시 이끼 낀 푸른 바위와 같은 빛으로 반짝인다. 해가 비치면 자줏빛이 떠오르고, 눈이 어른 어른하더니 비췻빛이 된다. 그렇다면 내가 비록 푸른 까마귀라고 해도 괜찮고, 다시 붉은 까마귀라고 말해도 괜찮을 것이다.

저가 본디 정해진 빛이 없는데 내가 눈으로 먼저 정해 버린다. 어찌 그 눈으로 정하는 것뿐이리오. 보지 않고도 그 마음으로 미리 정해 버린다. 이런 까닭에 빛깔 있는 것치고 빛이 있지 않은 것이 없고, 형形이 있는 것에 태態가 없는 것은 없다.

또 연암 박지원이 저암 유한준에게 보낸 편지에 "마을의 어린 이에게 천자문을 가르치는데, 읽기에 싫증을 내는 것을 꾸짖으 니 하는 말인즉 '저 하늘을 보면 푸르기 짝이 없는데, 天 자는 푸르지 않잖아요. 그래서 읽기가 싫어요.' 이 아이의 총명이 창 힐(중국 전설상 한자의 창조자)을 굶겨 죽입니다."라고 썼다고 한다.

까마귀의 날개 빛이란 윗글을 보면 고정관념의 탈피를, 그리 고 편지를 통해선 구속된 창의력에 자유를 주라고 외친다. 『천 자문』에 보면 "하늘은 검고 땅은 누렇다."고 되어 있다. 하늘을 왜 검다 했는지 생각해 본 일이 있는가? 저 아이처럼 하늘은 푸 른데 왜 검으냐고 반문해본 적은 있는가? 『천자문』은 중국의

양梁나라의 주흥사周興嗣가 무제武帝의 명으로 지은 책이다. 하늘이 검은 게 맞는다면 과학 문명이 발달하지 않아 천체망원경도 없고 우주선도 없던 서기 500년대의 그 시절에, 어떻게 알고 하늘은 검다고 했는지 의문을 가져 보았는가?

　당연히 의문을 가져 본 사람은 거의 없을 것이다. 주입식 교육이 우리를 이렇게 만들었다. 이제라도 고정관념의 틀을 깨 보자. 그리고 창의성을 달고 하늘을 날아 보자. 세상이 분명 달리 보일 것이다.

책은 내 친구

책과 친구 되어 놀아 보자. 어렸을 때부터 나는 책 읽는 것을 좋아했고 어른이 되면 소설이나 시를 쓰는 문학가가 되는 게 꿈이었다. 그래서 중학교 때부터 닥치는 대로 책을 읽었다. 책을 읽으면 반드시 몇 자 들어가지도 않는 조그만 노트지만 꼭 독후감을 쓰며, 글을 쓰는 사람이 되겠다는 신념을 향한 열정의 불씨를 꺼뜨리지 않았다.

중국 하얼빈에서 이토 히로부미를 저격하여 그를 죽음에 이르게 한, 독립운동가 안중근 의사는 "하루라도 책을 읽지 않으면 입 안에 가시가 돋는다一日不讀書口中生荊棘."라고 했다. 그는 옥중에 갇혀서도 꾸준히 독서를 하고, 형장으로 끌려나가기 바로 직전까지도 독서를 한 것으로 유명하다.

나 역시 그 정도까지는 아니지만 책을 좋아해, 한때는 일주일에 두 권씩 책을 읽기도 했었다. 허나 이젠 나이가 들어서 그런지 눈도 침침해지고, 책을 오래 읽고 있으면 머리까지 아파 와 지금은 과감히 책 읽는 양을 줄였다. 거리를 걷다가도 책방을 보면 그냥 지나치지 않는다. 괜히 들러 책 제목이라도 훑어 봐야 직성이 풀린다.

2018년 경기도가 서울, 경기, 인천 지역의 주민 2,200명을 대상으로 '독서실태 관련 여론조사'를 실시한 결과를 신문지상을 통하여 접한 일이 있었다. 독서실태 여론조사의 결과를 보면 책을 읽는 목적에 대해서 '새로운 지식, 정보 습득을 위해' 36%, '마음의 위로, 평안을 위해' 16.6%, '교양과 인격 향상을 위해' 15.7% 등이었다.

반면 책을 읽지 못하는 원인에 대해서는 가장 많은 35.2%의 응답자가 '책 읽기가 싫고 습관이 들지 않아서'라고 답했다. 그 뒤를 이어 '직장(학교) 때문에 시간이 없어서' 26.4%, '마음의 여유가 없어서' 13%, '컴퓨터(인터넷) 이용으로 시간이 없어서' 10.7%였다.

여기서 주목해야 할 것은 독서를 하지 않는 가장 큰 이유가 '책 읽는 습관이 들지 않아서'라는 대목이다. 우리나라의 교육 체계나 환경으로 보아 당연하다는 생각이 들기도 하지만, 한편으로 생각하면 나라의 미래가 보이지 않는 것 같아 답답한 마음이다. 세 살 버릇 여든까지 간다는 속담은 잘 알면서 왜 실천을 안 하는지 모르겠다. 어렸을 적부터 책 읽는 습관을 부모들이 일깨워 줬다면, 일 년에 책 한 권도 읽지 않는 사람들이 나오는 일은 없을 것이다.

어른이나 아이나 시간 나면 무엇을 하며 지낼까. 백이면 아흔아홉은 스마트폰을 보고 있다. 책을 스마트폰처럼 들고 다니는 세상이 온다면, 아마 대한민국 국민들은 인정이 메마르고 각박한 삶 속에서 벗어나, 지금보다는 좀 더 사람과 사람 사이에 훈훈하고 따뜻한 온기가 느껴지는 정감 있는 세상 속에서 살지 않을까.

독서는 단순히 지식이나 상식을 넓히기 위한 것이 아니다. 독서를 통해 깨달음을 얻고 그 깨달음으로부터 나온 삶의 지혜를 이웃과 나누며 실천하는 데 있다. 독서는 나이와 아무런 상관관계도 없다. 나이 먹어 눈도 어둡고 기억력도 쇠퇴해졌다 해서 독서를 그만둬서는 안 된다. 노인복지관에 있는 도서관에 가 보면 돋보기 쓰고 책상 앞에 앉아 독서삼매경에 빠져 있는 백발의 연세 지긋한 어르신들이 참 많다.

율곡 이이의 말처럼 죽을 때까지 공부하며 나의 무지몽매함을 깨치고, 배우고 익힌 것을 사회에 환원하는 것이 은퇴한 우리가 마땅히 실천해야 할 일이다. 그렇게 함으로써 공자의 말처럼 늙는 것도 알지 못하게 되니, 나이 든 사람에게는 독서가 십전대보탕보다 더 좋은 보약이라 생각한다.

어린이들에게만 놀이방이 있는 게 아니다. 어른들에게도 놀이방이 있다. 그곳이 어디일까? 도서관이다. 도서관은 내 놀이방이다. 여름엔 시원하고 겨울엔 따스하다. 그곳에서 친구인 책과 놀아 주기만 하면 된다. 이 친구는 말이 없지만 난 소통하며 재미있게 같이 논다.

사실 이 세상의 어느 잡기치고 재미없는 게 있겠는가마는 대개의 놀이에는 항상 상대를 필요로 하고 그 상대가 있음으로 해서 불편해질 수도 있다. 모든 놀이는 상대적이어서 상대는 재미있게 잘 놀았다 생각할 수 있으나 나는 재미없어 할 수도 있고, 나는 재미있어 하나 상대는 밖으로 내색은 않지만 지루해 할 수도 있다.

그러나 책은 그렇지 않다. 언제든지 내 의지에 따라 그만 놀 수도 있고 더 놀 수도 있다. 책을 덮고 집에 가려 해도 넌 아직도 지식이 부족해서 한 시간 더 열심히 책 읽고 가라고 얼굴 붉히며 가랑이를 붙잡지도 않는다.

지식을 주고 기쁨도 주고 이보다 더한 친구가 어디 있을까.

책을 써 보자

글쓰기는 대다수의 사람들에겐 어려운 게 사실이다. 더구나 책을 쓴다는 것은 엄두를 못 낼 큰일인지도 모른다. 나 역시 그 옛날 글을 써 보겠다고 컴퓨터를 열고 책상 앞에 앉았지만, 단 한 줄도 못 쓰고 그냥 돌아서는 경우가 허다했다.

내가 초등학교에 다니던 시절 학교에선 반강제로 일기를 쓰게 하고, 매일같이 선생님이 검사를 했다. 그때 의무적으로 쓰던 일기 쓰기 숙제는 지옥 같았지만, 지금 생각해 보면 누구의 생각인지 몰라도 정말 그것 한 가지만은 훌륭한 교육 방법이라는 생각이 든다.

글쓰기도 기능이다. 초등학교 때 일기 쓰듯 말이 되든지 안 되든지, 내 생각이나 주장을 무조건 글로 써 보자. 그리고 어느 정도 문맥을 맞춰 이어 가기가 되면 소재를 찾아 거기에 맞는 글을 써 보자. 어느 때인가 글이 술술 풀려나올 때가 있을 것이다.

사람은 어떤 사물에 관련해 보고 느낀 것에 대해, 자신이 가지고 있는 견해를 밖으로 드러내고 싶어 한다. 말과 표정이나 행동으로 말이다. 의사표시에 있어 언어와 표정 그리고 행동으로도 부족하다면, 인간에게는 글로 표현하는 또 다른 편리한 방법이 있다. 글은 자기 생각의 또 다른 분출구다. 그렇다면 글을 안 쓴다는 것은 내 의사를 상대에게 전달할 수 있는 몇 개의 통로 중 한 개를 스스로 막아 버렸다는 뜻이다. 그러므로 글을 못 쓴다는 것은 개인적으로 불행한 일이라고 생각된다.

글쓰기는 어느 한 개인이 인생을 살아오면서 체내에 쌓인 감정을 분출해냄으로써, 일종의 카타르시스를 느끼게 하는 역할을 하게 되므로 스스로의 자존감을 높여 준다. 자신을 존중하고 사랑하는 마음이 자존감이다. 1890년 미국의 심리학자 '윌리엄 제임스'가 정의한 용어다. 자존감이 높은 사람은 자신이 사랑받을 만한 가치가 있는 소중한 존재고, 무슨 일을 해도 좋은 성과를 낼 수 있는 유능한 사람이라고 믿는다. 그러나 자존감이 낮은 사람은 과도하게 인정받기를 원하고 애정을 갈망하며, 개인적 성취에 대한 열망을 극단적으로 표현하는 성격으로 발달하여 사회적으로 문제를 일으킬 수도 있다.

글을 쓰기 전에는 남들의 이야기를 경청하고 문화적 창작품의 수혜자로 살아왔다면, 글을 쓴다는 것은 내가 주장하고자 하는 내용을 당당히 세상에 알리고, 새로운 문화의 창조자로 살아가겠다는 뜻이 된다. 문화의 수혜자란 피동적인 삶에서 문화의 창조자란 이름으로 남에게 베푸는 삶을 살아가게 되니 얼마나 자존감이 높아지겠는가.

글을 쓰고 싶다면 보는 눈이든 아니면 느끼고 생각하든 간에 뭔가 조금이라도 남보다 달라야 한다. 요즘 내 주위에 보면 해외여행을 안 갔다 온 사람이 없을 정도다. 세계의 이곳저곳을 누비다 어느 유명 관광지에 가면 한국 사람만 보인다는 우스갯소리도 있다. 사람들 틈에 끼어 시간에 쫓겨 우르르 몰려다니며 눈으로 보고, 추억을 위해 휴대폰에 사진을 찍어 저장하는 여행은 시간 낭비고 돈 낭비다. 그런 여행은 아마 친구에게 몇 나라를 다녀왔다는, 돈 자랑밖에 할 수 없는 여행이다. 여행지에서 찍은 사진이 휴대폰에서 날아갔다며, 무슨 보물단지나 잃

어버린 것처럼 발을 동동 구르는 사람도 간혹 본다.

그리고 여행에 관한 글도 자주 접하는데, 그곳의 역사가 어떻고, 풍광이 어떻고, 식생활이 어떻고, 식상한 글이 태반이다. 지금은 인터넷만 뒤지면 세계 어느 곳도 다 들여다볼 수 있어 그런 글은 우리에게 필요치 않다. 그런데 무엇 하러 많은 돈을 들여 그런 여행을 하는지 모르겠다. 글을 쓰고 싶은 사람이라면 여행을 다녀도 남들과 구별되는 특별한 여행을 하자. 진정한 여행의 재발견은 새로운 풍경을 보는 것이 아니라 새롭게 견문을 넓혀 가는 것이다.

글을 쓰기 위해선 무념무상의 정신 자세 또한 버려야 한다. 낚시꾼 옆에 앉아 한가하게 낚시 구경이나 하는 사람이 되어서는 안 된다. 세상의 모든 것에 가까이 다가가 참도 거짓도 되짚어 보는 나만의 고증이 필요하고 발상의 전환이 필요하다.

너무 바쁘게 살지도 말자. 너무 바삐 살다 보면 놓치는 것이 많다. "내려갈 때 보았네. 올라갈 때 못 본 그 꽃"이란 시도 있지 않은가. 일상에 쫓겨 바쁘게 뛰어다니면 주변의 일이 보이지 않는다. 그러나 걸어 다니면 주변에 소소한 일이 훨씬 눈에 많이 띈다. 눈에 보이는 것이 많다는 것은 내 안목을 견고하게 길러줄 뿐만 아니라 발상의 전환을 가져다주고, 그 발상의 전환으로부터 창작은 시작된다.

글을 쓰고 또 그것을 엮어 책을 낸다는 것은 당연히 쉬운 일이 아니다. 그러나 글을 쓰기 위해선 남의 말에 귀 기울이고, 꾸준히 독서하고 선진 문물을 배워 안목을 넓히는 등, 내면의 의식에 자양분이 될 수 있는 요소를 외부에서 공급받을 필요가 있고, 본인의 정체성은 무엇인지 성찰의 시간도 필요하다. 글쓰기는 나를 바꿔 가는 좋은 방법이라 생각된다.

인간은 정제되지 않은 언어와 거친 행동 그리고 무례한 표정으로 상대를 아프게 할 수도 있다. 그 원인은 그 당시의 감정에 사로잡혀 이성을 잃은 탓이다. 그러나 글은 치밀어 오르는 감정에 휘둘려 가슴에 냉기가 흐르거나, 뜨거워진 머리로는 쓸 수가 없다. 글은 뜨거운 감정이 가슴으로 내려오고 이성이 차가워진 머리를 지배할 때가 되어야 슬슬 풀려나오게 되어 있다. 그래서 누가 쓰더라도 글로 표현된 문구는 정제되어 있어 모든 사람들이 읽기 편하다.

글을 쓰기 위해선 소재가 필요하고, 그 소재를 나만의 눈으로 세심하게 관찰하는 것은 오로지 나의 몫이다. 요리사가 레시피를 만들어 요리를 하듯, 글을 쓰는 사람은 그 어떤 소재를 만나면 나만의 레시피를 만들어 거기에 맞춰 글을 써 내려가면 되는 것이다. 나만의 레시피 그것이 곧 창작이다.

남의 것을 모방하려 들지 말자. 창의성이 결여되면 그 글은 곧바로 휴지통으로 들어가야 할 생명력이 없는 죽은 글이다. 글쓰기는 물론 남의 의견을 빌려 와 쓰는 경우도 있지만, 그것은 내 주장의 정당성을 확보하기 위한 수단으로 사용하는 것에 불과하다.

그러므로 책의 내용은 전적으로 내가 주장하고 싶은 이야기가 반영된 것들이다. 글을 통해 그 어떤 주장을 해도 좋다. 공익에 해가 되는 글을 쓰는 사람은 없을 것이니, 굳이 공익에 도움이 되느냐 해가 되느냐 하는 문제는 차치하고, 그 글에 동의를 하느냐 마느냐는 독자의 몫이다. 내 주장이 독자들에게 설득력 있게 다가가 많은 사람들의 동의를 얻어 낸다면 내 책이 베스트셀러가 될 것이고, 그렇지 못하면 내가 쓴 책은 독자들에게 외면받아 사장될 것이다.

세상엔 이미 헤아릴 수 없을 정도로 많은 책들이 출간되어 있다. 그래서 내가 비집고 들어갈 소재가 없을 것 같다. 좋은 아이템은 모두 남들이 점령해 이미 다 책으로 엮어 내놓았는데, 나 같은 평범한 사람이 무슨 아이템으로 책을 낸단 말인가.

그러나 축구를 예로 들어 보자. 요즘 축구 종가인 영국의 프리미어리그에서 뛰는 우리나라 출신 손흥민 선수의 활약이 대단한 것으로 안다. 독일에서 선수 생활을 했던 차범근이 가지고 있던 한국인 선수 유럽리그 최다골을 경신한 위대한 선수다.

축구의 변방국이라 할 수 있는 한국인이 축구 종가에서 이렇게 맹활약을 펼친다는 건, 같은 국민의 한 사람으로서 정말 자랑스러운 일이다. 같은 축구 이야기지만 프리미어에서 뛰는 선수의 이야기가 다르고 K-리그에서 뛰는 선수의 이야기가 다르다. 영국이나 독일, 프랑스나 스페인 축구에 대해 글을 쓴다면 같은 축구 이야기지만 내용은 모두 다를 것이다.

또 우리나라 사람들의 식탁에 매일같이 빠짐없이 오르는 김치를 예로 들어 보자. 김치라고 다 같은 김치가 아니다. 지방마다 수많은 종류의 색다른 김치가 산재해 있다. 맛은 어떤가? 김치를 담그는 사람의 손맛에 따라 같은 배추김치라도 천차만별이다.

책도 마찬가지다. 같은 소재지만 글을 쓰는 사람에 따라 내용은 특색을 갖게 된다. 그것이 곧 창작품이 되는 것이다.

고향을 그리며

현대화의 물결과 함께 변해 버린 건 도시만의 일이 아니다. 시골의 고향 마을도 마찬가지다. 고향 마을에 땅거미가 진다. 땅거미가 지는 것을 보니 어릴 때 추억이 아련히 떠오른다. 학교에 다녀오면 황톳빛 마루에 책가방 내팽개치고 들고 산으로 쏘다니며 놀다 보면, 어느덧 서산에 뉘엿뉘엿해 기울어 땅거미 지고, 저녁밥 짓느라 집집마다 초가지붕에 뽀얀 연기 피어오르면, 놀러 나간 아이들 목청 높여 불러들이는 어머니들의 목소리에 마을의 골목마다 시끌벅적하던 그 풍경 말이다.

그런데 지금은 아니다. 마을엔 빈집도 많고 이웃 간에 왕래도 별로 없어 고요와 적막에 싸여 있다. 집집마다 있던 굴뚝도 현대화의 물결에 따라 없어졌을뿐더러, 굴뚝에서 피어오르던 연기도 나지 않는다. 연기가 머리 풀고 하늘로 곧게 올라가면 내일은 날이 맑다 하였고, 연기가 꼿꼿이 오르지 못하고 땅에 깔리면 내일은 비가 온다고 점쳤던 선조의 지혜도 사라졌다.

그것뿐이 아니다. 동네 뒷골목에서 딱지치기, 구슬치기, 연날리기, 자치기 등으로 노는 아이들의 요란스럽게 떠들어대던 소리와, 갓난아기의 울음소리, 갓 태어난 아기의 무탈을 비는 삼신할머니를 향한 어머니들의 "비나이다 비나이다 삼신할머니께 비나이다." 소리도 사라졌다. 가끔 마을에 들르던 엿장수의 가위 소리도 사라졌고, 아이스케키 장수의 외침 소리도, 동지섣달 긴 겨울밤 먼 곳으로부터 개 짖는 소리와 함께 정적을 깨며 들려오던 모찌 장수의 당꼬나 모찌 소리도, 빨랫감을 들고 우물가에 모여 잡담을 나누며 시어머니 시집살이 푸념하던 아녀자들의 빨랫방망이 소리도 사라졌다.

쌀에 섞여 있는 뉘와 돌을 고르기 위해 쌀을 까부르던 키질 소리도, 논에 난 잡초 제거를 위한 초벌매기와 재벌매기 그리고 만도리까지 김매며 부르던 농요도 맥이 끊긴 지 오래다. 해마다 광복절이 되면 마을 안 모든 집을 찾아다니며, 집안의 안녕과 복을 기원했던 풍물 소리도 사라졌다. 논과 밭을 갈기 위해 '이

럇쯧쯧' 소 몰던 농부의 목소리와 '음~메 음~메' 소 울음소리는 어디로 가고, 논과 밭에선 트랙터 엔진 소리만 요란하게 들려올 뿐이다.

섣달 열흘 가뭄 뒤에 봉천답奉天畓에 물 대느라, '처얼썩 처얼썩' 두레질 소리는 어디로 가고, '윙' 하고 양수기 모터 돌아가는 소리만 요란하다. 동동구리무 팔던 방물장수의 북소리는 또 어디 가고, 잡화 파는 아저씨의 1톤 트럭에 매달린 금속성 확성기 소리만 귀를 아프게 한다.

'덜거덕덜거덕' 소달구지 소리와 말발굽 소리도 사라지고, 자동차 엔진 소리만 요란스럽다. 논에서 울던 뜸부기 울음소리도 사라지고, 잠자기 위해 방에 드러누워 있으면 찢어진 문풍지 사이로 풀벌레 울음소리 구슬픈 게 엊그제 같은데, 요즘은 시골집에 가도 잡음으로 인해 졸졸졸 흐르던 시냇물 소리나 풀벌레 울음소릴 들을 수 없다. 냇가에서 풀을 뜯던 황소의 울음소리와 논둑에서 풀 뜯던 그 흔한 염소의 울음소리조차 들을 수 없다. 가로등이 사방을 훤하게 비추며 버티고 서 있어, 어린 시절 밤하늘을 초롱초롱 수놓았던 샛별이나 삼태성 그리고 북두칠성 같은 별들을 보기조차 힘들다.

지금도 변하지 않은 것은 그저 나뭇잎을 스치는 바람 소리와 새들의 울음소리뿐이다. 그 옛날의 정겨웠던 소리가 고향 마을에서 떠나 버린 걸 애통해하는지, 비둘기와 두견새 그리고 뻐꾸기의 울음소리만 한나절 구슬프다.

고향을 지키는 사람을 손으로 꼽아 보려 해도 몇 안 된다. 고향에 들러 봐도 이젠 아는 사람도 거의 없고, 산과 들을 벗 삼아 친구들과 함께 자연을 즐길 수 있는 서정적이던 고향도 아니다. 그래서 고향에 대한 정겨움이나 그리움이 자꾸 시들해질 것 같은데, 오히려 나이가 들수록 그리움이 더 진해지는 것은 어떤 연유에서일까. 정이 들면 고향이라지만 도대체 도시는 고향 기분이 안 난다.

수구초심首丘初心이라고 했다. 인간에게도 연어처럼 귀소본능歸巢本能이 있음이 분명한데, 나 좋다고 아내를 도시에 남겨 두고 막무가내로 고향으로 돌아갈 수도 없고 그렇다고 도시에 남기도 그렇고, 이 어정쩡한 상태가 오래가면 고향을 그리는 향수병에 걸릴 수도 있겠다 싶다.

고향에 조그마한 땅이라도 가진 게 있다면, 돌볼 사람 없다는 핑계로 팔아 치울 생각을 하지 말고 유실수라도 심어 보자. 나무를 가꾼다는 핑계로 일 년에 몇 번이라도 고향 땅을 밟아 보자.

초가집이 기와집으로, 토담이나 나무 울타리가 시멘트 블록으로, 사립문이 철문으로 변하고, 동네 안길이 흙길에서 시멘트로 포장되어 소달구지 몰던 길에 자동차가 달려 훈훈했던 인심이 각박해진 면도 있는 고향이지만, 그래도 그곳에 가면 제비, 참새, 비둘기, 두견새, 뻐꾸기 울음소리와 소나무, 대나무 잎을 스치는 바람 소리와 맑은 공기가 아직도 우리를 기다리고 있지 않은가.

고추잠자리 창가에 맴돌고, 제비 비 갠 파란 창공을 비껴 나는 한 폭의 수채화 같은 고향이 지척에 있다는 건 행운이다.

고향집과 어머니

아흔이 넘은 어머니께서 울안의 넓은 공간을 모두 파헤쳐 남새밭을 만들어 놓고 이것저것 많은 것을 심어 놓으셨다. 당연히 객지에 나가 있는 자식들을 거두고, 사람이 그리운 어머니는 말동무 대신 온갖 푸성귀들과 대화하며 몸을 움직이기 위해서다.

쪽파가 보기도 좋게 잘 자라고 있다. 파를 보니 파나물을 좋아했던 난 파를 뜨거운 물에 데쳐, 조선간장과 깨소금을 넣고 조물조물 나물로 무쳐 먹던 생각이 난다.

겨울을 나야 할 마늘도 보인다. 마루에 앉아 마늘 하나 뽑아 고추장에 꾹 찍어 물에 만 밥과 함께 우두둑우두둑 깨물어 먹

넌 생각도 난다. 내년에도 좋은 수확을 기대해 본다. 가져다 꼭 흑마늘과 꿀마늘을 만들어 먹어야겠다.

양파는 좀 시원치 않은 것 같다. 축 늘어져 별로 활기가 없어 보인다. 풀이 나지 않도록 바닥에 비닐을 깔아 정성을 들인 것으로 보아 눈보라 휘몰아치는 겨울날을 잘 참고 견딘다면 많은 수확이 있을 것이다.

보리수나무를 타고 올라간 콩깍지의 색깔이 보기 좋다.

콩밥을 유난히 좋아했던 난, 고추밭 고랑에서 자란 강낭콩 밥을 참 좋아해 결혼하기 전엔 강낭콩 밥이 아니면 밥을 안 먹었던 기억이 새롭다. 콩밥을 좋아하는 자식들을 위해 하루도 안 빼놓고 콩밥을 지으신 어머니의 정성이 그립다.

늦가을인데 오이도 보인다. 씨받이 감도 안 되었나 보다. 내년에 심을 오이씨는 벌써 여름날의 뜨거운 햇볕에 말려져서, 이름표가 붙은 하얀 봉지에 싸여 집 안 어디엔가 매달려 있을 것이다. 사람이나 오이나 때를 잘 타고나야 하는가 보다. 때를 잘못 만난 오이는 눈길 주는 이 없어 홀로 된 채 외롭게 늙어 가고 있다.

올여름 거둬들인 마늘이 접으로 묶여 처마 밑에 매달려, 한

풀 꺾인 가을 햇살에 잘 마르고 있다. 멀리 객지에 나가 있는 자식들 주려고 아껴 놓은 것 같다. 김장 때가 되어도 바쁘다는 핑계로 시골에 못 내려오는 자식들을 위해, 저 마늘이 어머니의 정성과 함께 배달되어 올 것이다.

돌미나리가 남새밭 한구석에서 때깔도 예쁘게 잘 자라고 있다. 끓는 물에 살짝 데쳐 된장이나 고추장을 넣고 버무리면 금세 나물이 되어, 밥 한 그릇 뚝딱일 것 같아 입 안에 군침이 저절로 돈다.

봄나물인 머위가 아직도 담장 밑에서 자라고 있다. 먹음직스러운 잎을 벌레들이 다 파먹은 것을 보니 정말 농약 안 친 웰빙식품이 따로 없다. 그 옛날 봄이 되면 식곤증이 생겨 입맛이 없을 때 나물해 먹으면, 그 쓴맛으로 말미암아 입맛을 찾곤 했는데 감회가 새롭다.

뒤뜰에는 대나무가 있었는데 요즘은 플라스틱 제품에 밀리다 보니 쓸모가 없어, 대를 모두 베어 내고 밭으로 만들어 버렸다. 그동안 대나무로는 못 만드는 것이 없었다. 대나무로 연살을 깎아 방패연, 꼬리연, 가오리연도 만들고, 물총에 딱총, 잠자리채 만들어 곤충채집도 했다. 고구마나 고추 모 온상을 하는 데도 필요하고, 고춧대 지지대나 못자리를 하는 데도 꼭 필요했다. 생활용품으로 키나 광주리, 소쿠리도 만들고, 채반이나 소반, 막걸리 거르는 용소도 만들어 사용했다. 플라스틱 제품이 나오기 전까지만 해도 대나무는 요모조모로 쓸모가 많아, 농촌 생활과는 바늘과 실과 같은 관계여서 유용한 나무임에 틀림없었다.

이제 플라스틱 제품에 밀린 대나무밭은 고추밭이 되고, 밭가의 감나무엔 주렁주렁 탐스러운 감이 열려 잘 익어 가고 있다. 보기는 참 좋은데 어머니의 등 굽은 몸으론 따 드실 수 없을 것 같다. 누군가 자식 중 한 사람이 들러서 따야 할 것 같은데, 아무래도 때맞춰 시간을 내기가 다들 쉽지 않은가 보다.

뒤뜰 단감나무에도 가지가 부러지게 단감이 열렸는데, 높은 곳엔 손도 안 댄 것을 보니 어머니의 손이 닿는 아래쪽만 따 드시고 계신가 보다. 어머니도 이제는 지치신 것 같다. 감 따다 먹으라는 성화가 작년 같지 않으니 말이다. 아무래도 올해는 그냥 까치밥으로 놔두어야 할 것 같다.

바싹 마른 옥수수가 빨랫줄에 일렬로 늘어서서 내년을 기다리고 있다. 씨받이로 쓰려는 듯하다. 여름에 자식들이 자주 들러 갖다 먹어야 하는데, 다들 시간을 내기가 녹록지 않은가 보다. 어머니는 혹시라도 자식 중에 누군가가 손자들을 데리고 들를지도 모른다는 생각에, 약속도 없는 내년을 다시 기약해 보는 수밖에 없을 것 같다.

수수목도 모아 놓았다. 빗자루를 만들려나 보다. 수수비를 만들어 방도 쓸고 부엌 바닥도 쓸고, 때로는 싸리비를 대신하여 토방土房도 쓸고 그랬는데 이젠 어머니의 힘으론 수수비를 만들어 쓸 수 없을 것 같다. 아마도 아버지께서 묶어 놓은 것 같은데 아버지는 이미 저세상으로 떠나신 지 강산이 세 번이나 바뀌었다.

장독대에 있는 그릇들의 뚜껑을 열어 보니 고추장, 된장, 간장 등 재래식 음식들이 가득 들어 있다. 보기에도 군침이 돈다. 말 그대로 웰빙 식품들이 장독대에 가득한데 바쁘다는 핑계로 가져다 먹지도 않고 오히려, 어머님이 정성 들여 만든 음식이 짜고 쓰다 생각되는 것을 보면, 나도 이젠 어쩔 수 없이 현대의 먹거리 문화에 길들여진 사람이 되었나 보다.

돌로 된 절구통이 보인다. 어머니께서 시집온 후 계속하여 사용하셨으니, 어머니의 따스한 체취가 묻어나는 절구통임에 틀림없다. 3대가 모여 살던 시절 대가족의 끼니를 위해 하루도 안 거르고 매일같이 저곳에 보리방아, 고추방아 찧으며 고추보다 더 맵다는 시집살이를 이겨냈던 어머니의 손때와 애환이 깃든 절구통이기도 하다. 그러나 저 절구통은 대를 이어 더 이상 쓸 사람이 없어 골동품으로 간직해야 할 것 같다.

"어머니! 그 따스한 품이 그리운 가을의 끝자락입니다. 언제나 바쁘다는 핑계 떨쳐 버리고 자주 들러 따뜻한 대화를 나눌 수 있을지 모르겠습니다."

고려 시대 시인이자 철학자이기도 했던 이규보는 "사람이 죽으면 막대한 재산을 낭비해 가며 장례와 제사에 공을 들이는 것은 살아생전 술 한 잔 따라 드리는 것만 못하다."라고 했다. 또 그는 "이 한 몸 죽어 백골이 된다는 것은 서글픈 일이기는 하다. 하지만 자손들이 일 년에 몇 차례씩 무덤에 찾아와 절을 한다 해서 죽은 자에게 무엇이 돌아가겠는가?"라고 말했다. 가슴에 와닿는 글이다. 부모님이 살아생전 자주 찾아뵙고, 말동무가 되는 삶을 살아야 하겠다.

귀농보다 귀촌

귀농이나 귀촌을 원한다면 간과할 수 없는 게 있다. 그것은 내가 제2의 둥지를 틀기 위해 선택한 장소가 있다면, 땅을 마련하기 전에 먼저 그 마을 사람들과 친해져야 한다는 것이다. 그렇지 않으면 괜히 땅만 사 놓고 정착을 못 할 수도 있고, 더 나가 집을 지어 놓고도 마을 사람들의 보이지 않는 텃세에 따른 불화로 살아 보지도 못하고, 도시로 다시 유턴할 수도 있기 때문이다. 그렇게 되면 이미 재산상 많은 피해를 본 후로 후회해 봤자 소용없는 일이 되어, 시골 생활의 낭만을 꿈꾸다 스트레스로 파멸을 당할 수도 있다.

귀농은 농업을 기반으로 먹고살아야 하는 생존 그 자체이다.

아니면 말고 식의 무책임한 그런 게 아니고, 말 그대로 농사에 돈과 몸뚱이를 걸고 한판 승부를 펼치는 치열한 승부의 세계다. 그야말로 시골의 산야에 승패와 흥망을 걸고 던지는 건곤일척의 피를 말리는 사투를 해야 하는 게 귀농이다.

그에 반해 귀촌은 도시를 떠나 평화롭고 한적한 농촌에서 그 누구의 간섭도 받지 않고 제2의 인생과 몸과 마음의 건강을 위하여 취미 생활을 하는 것이다. 작은 텃밭에 신선한 야채를 길러 먹으며 도시에서 생활하며 받은 온갖 스트레스를 떨치고, 마음 편히 한가롭게 살아 보고자 하는 목적을 이룰 수 있다.

귀농을 위해선 무언가 작물을 가꾸어 이윤을 남겨야 하기에 토지와 자본 그리고 노동력이 필요하지만, 귀촌은 수입 유무와 관계가 없으므로 어느 정도의 여유 자금은 필수일 것이다.

황토로 집을 지어 그곳에 살며 텃밭의 채소에 붙은 벌레를 손으로 잡아 내며, 내 먹거리를 내가 가꾼다는 건 우리 모두의 소망이다. 그런데 가끔은 귀농과 귀촌을 혼동하는 사람들이 많다. 나 역시 그랬다.

몇 년 전, 700여 평의 밭에 말 그대로 이익을 내기 위해, 2년 동안 농사를 지어 본 경험이 있었다. 주 작물은 땅콩이고 부 작물로 고추를 심었다. 땅콩과 고추를 심은 이유는 첫째, 가격이 비싸 이윤이 많이 남고, 둘째, 손이 덜 간다는 생각에서였다. 고추를 심은 후 키가 커 감에 따라 지주목을 세우고, 고추가 넘어지지 않도록 지주목에 줄로 고정시켜 줘야 한다. 고추는 병과의 전쟁이다. 고추는 병충해가 잘 타기 때문에 일주일에 한 번은 꼭, 살충제와 살균제를 살포해 줘야 한다. 그렇지 않으면 병충해의 피해로 인해 절대 많은 양의 고추를 수확하기 어렵다. 고추는 또 물을 싫어한다. 그래서 장마로 인해 비가 많이 오면 탄저병에 걸려 일 년 농사를 망칠 수 있으므로, 물이 잘 빠지는 토양에 심어야 한다. 또 중요한 건 해마다 같은 땅에 계속 이어 재배하는 연작은 금물이다.

고추에 비해 땅콩엔 농약 살포할 일이 거의 없어 다행이지만, 그 대신 잡초와 사투를 벌여야 한다. 땅콩은 두둑에 제초제와 굼벵이 약을 미리 뿌리고 그 위에 땅콩용 비닐을 씌웠음에도 불구하고, 한여름이 되면 잡풀이 무성히 올라와 매일같이 잡초 제거 작업을 해야 했다. 땡볕에 쪼그리고 앉아 비닐을 들춰내고 그 밑에 자란 잡초를 제거하는 일은 지금 생각해 봐도 정말 끔찍한 일이었다. 파종에서 수확까지 150~180일 정도 계속해서 반복되는 고난의 제초 작업이다. 잡초를 제거하고 뒤돌아보면 또 수북이 올라와 있는 잡초들과의 싸움이, 곧 땅콩 농사의 성패를 좌우한다.

너무 힘들다 보니 이게 뭔 짓인가 하는 생각도 들고, 전원생활의 환상에 사로잡혀 농사를 짓겠다고 뱉은 말을 빨리 주워담지 못한 게 한이었다. 탐스러운 알갱이들이 주렁주렁 매달려 올라오는 것을 보며, 내 손으로 뭔가 해냈다는 성취감에 도취하는 것도 잠시, 너무 힘든 중노동에 저절로 고개가 설레설레 흔들어졌다.

한 10여 일 정도 땅콩을 수확하는 작업을 했는데, 아침 7시에 시작하여 밤 8시까지 매일 반복되는 중노동이기에, 육체적으로 너무 힘들어 감당하기 어려운 일이었다. 피곤하여 저녁도 먹는 둥 마는 둥 잠자리에 들면 금세 곯아떨어져 아침이 되었다. 농사일이 정신 건강엔 좋은 것 같은데 육신은 마다하며 밤새 보챈다. 난생처음 땅콩 농사를 짓던 그해는 내 인생 항로의 한 지점에 대서사시를 썼다는 생각이 들었다.

직장 생활을 하며 참 힘들다 생각해 때려치우고 농사나 지어볼까 했던 어리석은 생각도 스쳤다. 농사를 지어 보니 농사같이 어려운 게 없다. 한 방울의 물을 보고 바다를 보았다고 말하는 면도 없지 않아 있지만, 나는 그때 농민들의 삶 속에 고달픔이 묻어 있다는 것을 확실히 체험해 보았다. 올라가지 못할 나무는 바라보지도 말라 했는데, 마치 호랑이 잡으러 호랑이 굴에 들어갔다 살아 돌아온 느낌이었다. 땅콩 농사를 지어 내게 남은 건 그저 지친 육신뿐이었다.

경험 삼아 농사일을 해 보았다고 치부하기엔 옹골지게 뜨거웠던 한여름에 흘린 땀방울이 너무도 가당찮다. 내가 안고 있는 피로를 푸는 데는 3일이면 충분하지만, 평생을 농사일로 연명하는 농민들의 시름은 세월이 흘러도 풀릴 줄 모르니 무엇으로 달랠 수 있을까?

농사짓는 일이란 게 그렇게 쉽지 않다는 걸 그때 뼈저리게 느끼며 몸소 실감했다. 내 인생의 전환점을 만들어 보자는 발상은 좋았으나 객기가 과했던 듯하다.

유실수를 가꾸는 즐거움

몇 년 전, 약 200여 평 정도의 텃밭에 유실수를 심기로 작정하였다. 가꿀 줄도 모르는 유실수를 한꺼번에 심으면 당연히 실패가 따를 것 같아 시간과 여유가 있을 때마다 한 종류씩 심어 나가기로 했다. 2014년부터 맨 먼저 매실나무 2그루를 심고, 또 인간에게 신이 준 최고의 선물이라는 아로니아도 17그루 심었다.

매실은 아로니아와 달리 병충해 관리를 잘해야 한다. 진딧물 방지를 잘해야 하고 항상 고약병felt이 발생하지 않는지 주의를 기울여야 한다. 이 병은 회색빛 솜털 모양의 포자들이 나뭇가지를 완전히 감싸 나무 전체를 말라 죽게 하는 무서운 병이다. 7년생 매실 2그루면 결혼한 아들과 딸까지 먹고도 남을 것이다.

아로니아는 매실과 또 다르다. 병해충에도 강해 별로 신경 쓸 일이 없다. 쉽게 얘기하자면 초보자라 가꾸는 법을 잘 몰라 방치해 둬도 괜찮을 정도로 거의 손이 안 가는 작물이다. 나무가 말라 죽지 않게 물 관리 잘 하고 해마다 가지치기 제대로 해 주고 잡풀 방지만 잘 해 주면 끝이다. 열매도 껍질이 두꺼워 상온에 오래 두어도 잘 상하지 않는다. 익은 열매는 8월 말에서 9월 초에 수확하게 되는데, 반은 진액으로 만들고 반은 냉동고에 보관하였다가 우유에 바나나, 사과 등을 같이 넣어 생으로 갈아마신다.

블루베리는 어떤가. 총 25그루를 심었는데, 5그루는 일반 농장에서 구입해 심고, 나머지 20그루는 원예종묘장에서 구입해 심었다. 처음엔 땅에 구덩이를 파고 그 구덩이 속에 피토모스를 넣고 심어 봤으나, 성장 속도가 영 시원치 않아 2년 후 큼직한 화분을 사 옮겨 심으니, 나무도 튼튼해지고 열매도 잘 열었다. 원예종묘장에서 구입한 나무는 그곳에서 설명했던 대로, 열매도 크고 당도가 높아 내 마음을 흡족하게 하였다. 반면, 일반 농장에서 구입한 5그루는 열매도 작고 끝에 약간의 신맛이 느껴져 2% 부족한 느낌이 들어, 역시 묘목은 전문적으로 나무를 취급하는 곳에서 구입해야만 실수가 없다는 걸 증명해 주었다.

모든 유실수들은 심은 지 3년이 지나야 열매가 열기 시작한다. 내가 원하는 품종을 정확히 구입했는지는 그때 가서야 확인할 수 있다. 그때 만일 내가 원했던 열매의 크기나 맛이 난다면 다행이지만, 내가 원했던 것과 일치하지 않을 경우엔 이미 3년이란 세월이 지나 되돌릴 수 없는 지경에 이른다. 그동안 나무를 기르며 들인 노고와 경비는 어찌할 건가. 유실수는 꼭 믿을 수 있는 곳에서 구입해야 실수가 없다.

2017년 가을 본격적으로 나무를 심었다. 감나무를 제외하곤 모두 1년생이다. 미니사과 12그루, 사과대추 12그루, 체리 17그루, 석류 3그루, 호두, 자두, 살구 각 1그루, 포포나무 3그루, 비타민나무 4그루, 감은 대봉과 단감 11그루를 심었다. 그러나 그해 겨울 극단적인 한파의 영양인지 석류나무가 모두 얼어 죽었다. 다행히 나머지 나무들엔 큰 피해 없이 매머드급 한파를 잘 견뎌 주었고, 감사하게도 올가을 4년생 사과와 대추 그리고 감나무에 양은 많지 않지만 열매가 열려, 내가 원했던 품종인지를 눈으로 직접 확인할 수 있었다.

농작물은 주인의 발걸음 소리를 듣고 자란다는 말이 있다. 주인이 신경 쓰지 않는 농작물에서 절대 좋은 결실을 얻을 수 없다. 퇴직 후 한동안 시골집에 발길이 뜸했는데 이제는 나무를 심은 밭이 있어 어머니도 뵙고 또, 나무도 돌볼 겸 자주 집에 들르게 되었으니 이보다 더 좋은 일이 어디에 있겠는가.

나무 사이에 여러 가지 소소한 밭작물을 심어 그것을 채취하여 이웃과 나눠 먹는 재미도 이래저래 쏠쏠하다. 사람들은 일하기 힘들게 왜 여러 종류의 나무를 심었느냐고 내게 묻는다. 그때마다 나는 열매를 거두어 시장에 내다 팔아 이윤을 남기려 하는 것이 아니고, 이웃이나 지인과 함께 나눠 먹고 가장 중요한 건 내 건강을 돌보기 위해서라고 대답한다.

도시에서의 생활이 어느 정도 정리가 필요하다 생각되면, 그땐 과수원에 컨테이너로 만든 집이든 아니면 조립식 집이든 들여놓고 아예 그곳에 눌러앉을 생각이다. 귀촌이 별건가. 그게 귀촌이지.